誰殺了她

東野圭吾

劉姿君譯

誰殺了她

Contents

由不屈的堅持所淬煉出的奇蹟

總導讀——林依俐

如果你問我，東野圭吾是位什麼樣的作家？

我會回答你，他是位不幸的作家。

你一定會覺得奇怪，光是以《嫌疑犯X的獻身》（二〇〇五）一書，便幾乎囊括了二〇〇六年日本推理文學相關獎項，同書在日本的銷售量更是打破五十萬大關的「暢銷作家」東野圭吾，怎會有什麼不幸可言？

在說明之前，請讓我先簡單介紹一下東野圭吾這位作家。

東野圭吾一九五八年生於大阪，大學畢業後進入汽車零件製作公司擔任工程師。由於希望在工作以外，也能在私生活之中有個較爲不同的目標，所以開始著手撰寫推理小說，投稿日本推理文學代表性的公開徵選長篇小說獎「江戶川亂步獎」。

這並不是東野第一次寫推理小說。早在他十六歲的時候，由於看了小峰元的作品《阿基米德借刀殺人》（一九七三，第十九屆江戶川亂步獎作品）大受感動，之後又讀了松本清張的《點與線》（一九五八）、《零的焦點》（一九五九）等作品。一頭推理熱的他便曾試著撰寫長篇推理小說，而且第一作還是以重大社會問題爲主題。然而，由於完成於大學時期的第二作被周遭朋友嫌棄，「寫小說」這件事便從他的生活之中消失了好一陣子。

而獲得亂步獎的夢想讓東野重拾筆桿。在歷經兩次落選後，他的第三次挑戰——以發生在女子高中校園裡的連續殺人事件爲主軸展開的青春推理《放學後》（一九八五）——成功奪下了第三十一屆江戶川亂步獎。之後他很快地辭了工作，前往東京致力於寫作。自從一九八五年《放學後》出版以後，東野圭吾幾乎是每年都會有一到三部甚至更多的新作問世。他不但是個著作等身的多產作家，其筆下的內容也橫跨了推理、幽默、科幻、歷史、社會諷刺等，文字表現平實，手法卻絲毫不拘泥於形式，多變多樣。

看到這裡，如果你對於近年的日本推理有一定程度的瞭解，或許你會聯想到宮部美幸——多采的文風、平實的敘述、充滿令人訝異的意外性，但兩者之間又有著決定性的不同。

那就是——相對於宮部美幸出道約二十年來，陸續囊括高達十項的日本各式文學獎，筆下著作本本暢銷；東野圭吾卻是一直與日本的各式文學獎項擦肩而過，且眞正開始被稱爲「暢銷作家」，也是出道後過了十多年的事。

實際上在《嫌疑犯X的獻身》同時獲得直木獎與本格推理大獎，並且達成日本推理小說三大排行榜——「這本推理小說了不起！」、「本格推理小說BEST10」、「週刊文春推理小說BEST10」——前所未有的三冠王之前，東野出道二十年來所寫下的六十本小說（包含短篇集）裡，除了在一九九九年以《祕密》（一九九八）一書獲得第五十二屆日本推理作家協會獎之外，其他作品雖然一再入圍直木獎、吉川英治文學新人獎等獎項，卻總是鎩羽而歸。

在銷售方面，他也不是那種只要出書就大賣的暢銷作家。在打著「江戶川亂步獎」招牌的出道作《放學後》創下十萬冊的銷售紀錄之後（江戶川亂步獎作品通常都能賣到十萬冊），整整歷經了十年，東野才終於以《名偵探的守則》（一九九六）打破這個紀錄，而眞正能跟「暢銷」兩字確實結緣，則是在《祕密》之後的事了。

或許是出道作《放學後》帶給文壇「青春校園推理能手」的印象過於深刻，東野圭吾本人雖然一直想剝下這個標籤，過程卻不太順利。書評家們往往不是很關心他在寫作上的新挑戰。這也難怪，在東野出道後兩年，也就是一九八七年，以綾辻行人等年輕作家爲首，提倡復古新說推理小說的「新本格派」盛大興起。從文風與題材選擇看來，東野圭吾作品用字簡單，謎題不求華麗炫目，內容既不夠社會派又不像新本格，自然不會是書評家們熱心關注的對象。

就這樣出道十餘年，雖然作品一再入圍文學獎項，卻總是未能拿到大獎；多少有機會再版，卻總是無法銷售長紅；傾注全力的自信之作，卻連在雜誌的書評欄都占不到個像樣的位置。

所以我才會說，東野圭吾是個不幸的作家。說眞話這何止是不幸，實在是坎坷，簡直像是不當的拷問。

在獲得江戶川亂步獎後，抱著成爲「靠寫作吃飯」之職業作家的決心，東野圭吾辭去了在大阪的穩定工作來到了東京。這個決定使得他沒有退路，不管遭遇什麼樣的挫折，都只能選擇前進。於是只要有機會寫，東野圭吾幾乎什麼都寫。

二〇〇五年初，個人有幸得以見到東野圭吾本人並進行訪談時，曾經談到關於他剛出道不久時，在推理小說的範疇內不斷挑戰各式題材時期之心境。他是這麼回答的：

「那時的我只是非常單純地覺得自己必須持續寫下去，必須持續出書而已。只要能夠持續出書，就算作品乏人問津，至少還有些版稅收入可以過活；只要能夠持續地發表作品，至少就不會被出版界忘記。出道後的三、五年裡，我幾乎都是以這種態度在撰寫作品。」

不過，畢竟是背負著亂步獎的招牌出道，畢竟是身處日本泡沫經濟蓬勃、推理小說新風潮再起的八〇年代後半至九〇年代，邀稿的出版社當然都希望東野圭吾能夠以「推理」爲主題書寫。配合這樣的要求，以及企圖擺脫貼在自己身上那「青春校園推理」標籤的渴望，東野嘗試了許多新的切入點，使出渾身解數試著吸引讀者與文壇的注意。於是，古典、趣味、科學、日常、幻想，在他筆下似乎沒有什麼題材不能入推理，似乎沒有題材不能成爲故事的要素。或許一開始只是爲了貫徹作家生活而進行的掙扎，但隨著作品數量日漸累積，曾幾何時也讓東野圭吾在日本文壇之中，確實具備了「作風多變多樣」這難以被輕易取代的獨特性。

是的，東野圭吾是位不幸的作家，但也因此我們才得以見到，那些誕生於坎坷的作家路上，歷經幾多挫折仍不屈的堅持所淬煉而成，在簡素之中卻有著數不清面貌的故事。以讀者的角度而言，能與這樣的作家共處同一個時代，還真是宛如奇蹟一般的幸運。

在推理的範疇裡，東野圭吾從不吝惜挑戰現狀。從初期以詭計為中心的作品，漸漸發展出許多具有獨創性，甚至是實驗性的方向。其中又以貫徹「解明動機」要素（WHYDUNIT）的《惡意》（一九九六）、貫徹「找尋凶手」要素（WHODUNIT）的《誰殺了她》（一九九六）、貫徹「分析手法」要素（HOWDUNIT）的《偵探伽利略》（一九九八）三作，可說是東野在踏襲傳統推理小說元素之下，卻又充分呈現了屬於現代風貌的鮮麗代表作。

出身於理工科系的背景，也讓東野在相較之下，比其他作家更擅長消化並駕馭以科技為主軸的題材。像是利用運動科學的《鳥人計畫》（一九八九）、涉及腦科學的《宿命》（一九九〇）和《變身》（一九九一）、生物複製技術的《分身》（一九九三）、虛擬實境的《平行世界的愛情故事》（一九九五），還有之後以湯川學為主角展開的「伽利略系列」裡，東野都確實地將自己熟悉的理工題材，在分解組合後以最簡明的方式呈現在讀者眼前。

另一方面，如同「處女作是作家的一切」這句俗語所述，高中第一次寫推理小說便企圖切入當時社會問題的東野圭吾，由《以前，我死去的家》（一九九四）中牽涉兒童虐待的副主題為開端，對於社會人心的描寫，似乎也成了他作家生涯的重要課題。例如，以核能發電廠為舞台的《天空之蜂》（一九九五）、試探日本升學教育問題的《湖邊凶殺案》（二〇〇二）、直指犯罪被害人及加害人家屬問題的《信》（二〇〇三）和《徬徨之刃》（二〇〇四），在在都顯露出東野對於刻畫社會問題與人性的執著。

東野圭吾這種立足於推理，進而衍生至科技與人性主題上的寫作傾向，在發表於二〇〇五年的《嫌疑犯X的獻身》中，可說是達到了奇蹟似的調和，也因為這部作品，在二〇〇六年贏得各種獎項，讓東野圭吾正式名列「家喻戶曉的暢銷作家」之列。加上這幾年來，東野作品紛紛電視電影化，他的不幸時代成為過去，並站上前人未達之高峰。二十年來的作家生涯開花結果，創造了日本推理文壇近年來難得一見的奇蹟。

好了，別再看導讀了。快點翻開書頁，用你自己的眼睛與頭腦，去感受確認東野作品中理性與感性並存，而又如此引人入勝的獨特魅力吧！那將會勝於我在這裡所寫的千言萬語。

本文作者介紹

林依俐，一九七六年生。嗜好動漫畫與文學的雜學者。曾於日本動畫公司GONZO任職，返國後創辦《挑戰者月刊》並擔任總編輯，現任青空文化總編輯。

第一章

1

第二張信紙寫到一半，和泉園子寫錯了字。她試著塗改，反而弄得更髒，不禁皺起眉頭，將信紙撕下並揉成一團，扔進垃圾桶裡。

重寫前，她又將第一張看了一遍，對所寫內容不甚滿意，也把這張給撕了，同樣揉一揉丟掉。這次紙團沒瞄準垃圾桶，撞上牆壁，反彈後落在地毯上。

她雙腿仍平攤在玻璃矮桌下，身體放低，伸長了左手，手搆到揉成一團的信紙，撿起來再往垃圾桶扔。但這次也沒進，掉在牆邊。她決定不管它了。

她直起身子，再度面向信紙，但已放棄寫信。她覺得要把此刻的心情化爲文字，本來就是一件不可能的事。

園子收起信紙，放回書架，然後把鋼筆插進小丑造形的筆筒。再將小丑的帽子戴上，筆筒看起來就只是一尊瓷偶。

接著她朝時鐘瞥了一眼，伸手拿起放在桌上的無線電話，按下最熟悉的號碼。

「喂，這裡是和泉家。」話筒中傳來哥哥不帶感情的聲音。

「喂，是我。」

「哦，園子啊。」他說。「還好嗎？」

這句話哥哥每次必問。園子也很希望按照往例回答「很好」，但她連這點精力都沒有。

「唔……老實說，不怎麼好。」

「怎麼，感冒啦？」

「沒有，不是生病。」

「那……出了什麼事嗎？」哥哥的語氣立刻緊張起來。園子的眼前彷彿浮現哥哥手持話筒，忽然挺直背脊的模樣。

「嗯，有點。」

「是什麼事？」

「很多啦。不過別擔心，我沒事的。明天我可以過去嗎？」

「當然可以，這是妳的家啊。」

「那麼，明天如果能回去我就回去。哥哥要工作嗎？」

「不用，我明天休假。不過到底出了什麼事，妳倒是先告訴我，別吊我胃口。」

「抱歉，我亂講的啦。哥，你別放在心上，明天我就會比較有精神了。」

「園子……」

話筒另一端傳來低喃聲。一想到哥哥內心的焦慮，園子有些過意不去。

「其實啊，」她小聲說，「我被背叛了，對方是我本來很相信的人。」

「男人？」哥哥問。

園子不知該如何回答。
「除了哥哥，我再也不敢相信任何人了。」
「怎麼回事？」
「我想，」她略略放大音量，以沮喪的語氣繼續說：「我大概死了最好。」
「喂！」
「開玩笑的。」她說著，笑出聲來讓哥哥聽見。「對不起，我這個玩笑開得太過分了。」
哥哥沒說話，多半是感覺到事情不是一句「開玩笑的」就能了結。
「妳明天一定要回來喔。」
「如果能回去的話。」
「一定喔。」
「嗯，晚安。」
園子掛斷電話後，仍盯著電話半晌，因爲她覺得哥哥會再打來。但電話並沒有響。看樣子，哥哥比園子想像中還要信任妹妹。
可是，我沒有那麼堅強——園子朝著電話喃喃地說。就是不夠堅強，才會打電話回去，故意讓哥哥擔心。好希望有人能瞭解我現在有多痛苦。

2

和泉園子與佃潤一是在去年十月相遇的，地點就在她上班的公司附近。

園子任職於一家電子零件商的東京分公司。公司租下辦公大樓的十樓與十一樓，大約有三百名員工。總公司雖位於愛知縣，但若說公司眞正的中樞是東京的分公司，其實也不算錯。

園子隸屬於業務部，部門約有五十人，其中女性包括園子在內有十三人，絕大多數都比她年輕。

午休時，園子都是單獨去吃飯。同期進公司的同伴全辭職後，中午她就很少和別人一起用餐。以前公司的後進常來約她，但現在不會了。她們察覺到：和泉小姐好像比較喜歡一個人吃飯。當然，這樣她們也可以不必費心與她周旋。

園子不想和後進一起吃飯，是因爲雙方對食物的喜好截然不同。她喜歡日式料理，就連早餐也多半是吃米飯，小她幾歲的那些後進卻都偏愛西式料理。園子雖不討厭，但每天吃會覺得膩。

她打算去吃蕎麥麵，因爲她在距離公司走路十來分鐘的地方，發現了一家好店。這家店的湯頭清甜，她最喜歡他們的天婦羅蕎麥麵。出身愛知縣的她，本來是烏龍麵的支持者，但來到東京之後，漸漸懂得蕎麥麵的美味。而且這家店新開不久，她還不曾遇見熟面孔，這可能也是她經常光顧的原因。吃飯時還要滿臉堆笑，這種事最痛苦了。

園子一轉進蕎麥麵店所在的小路，便看到有個青年在路邊賣畫。其實，這青年只是坐在折疊椅上看雜誌而已。十幾張畫沒有裱框，就這麼靠著後面大樓的牆壁擺放。不懂畫的園子也知道那些畫應該屬於油畫。

青年看起來年紀比園子小，大約二十四、五歲吧。穿著合成皮製的黑色運動夾克與雙膝有破洞的牛仔褲，夾克裡面是T恤。臉色不怎麼好，像早期玩音樂的人一樣，非常瘦削。即使園子停下腳步，他也沒有把埋在雜誌裡的臉抬起來的意思。

園子把那十幾張畫看了一遍。放在正中央的一幅畫吸引了她，理由其實很單純，因爲畫的是她喜歡的小貓咪。至於畫得好不好，她一點都不懂。

看了一陣子畫，再看向青年，不知何時他也抬起頭來看著她。瘦削的下巴留著鬍碴，表情憂鬱，她卻在那雙眼裡看到純眞。這位女客人也許喜歡我的畫——那雙眼睛有著這樣的想法和期待。

園子心想，回應一下他的期待吧。用不著大費周章，只要問他這畫多少錢，一句話就夠了。

然而，正當她要開口，有個人闖入她的視野。

「啊，和泉小姐。」那個人大聲叫道。

對方是園子的上司井出股長。井出雙手插在長褲口袋裡走了過來。他本來就頭大身短，這樣看起來身材更加短小。

「妳在這裡幹麼？」他一面問，一面在園子和她身旁的畫來回掃視。

「我正想去那邊的蕎麥麵店。」她回答。

「哦，原來妳也知道那家店。有人跟我說那裡不錯，我正打算過去。」

「這樣啊。」園子在臉上堆起笑容，心想這下又少了一家可以去的店。

井出邁出腳步，園子不得不跟上。回頭一望，青年的視線已回到雜誌上，想必也把她當成只看不買的客人，園子感到有點遺憾。

「妳對畫有興趣？」井出問。

「沒有，談不上有興趣，只是覺得其中一張畫還不錯，停下來看看而已。」

說完後，她心想：我爲什麼要找藉口？

井出對她的回答似乎沒有任何想法，只點了一下頭，便說：

「不過，眞不知道那種人到底有什麼打算。」

「那種人？」

「就是那個賣畫的年輕人啊。他八成是什麼美術大學畢業的，因爲這陣子經濟不景氣找不到工作，才在那裡賣畫。那樣行得通嗎？眞想問問他對將來到底是怎麼想的。」

「大概是想靠畫畫維生吧。」

聽到園子的回答，井出苦笑道：

「能夠靠畫畫過日子的人，只不過那麼一撮而已。不，應該說一小撮才對。明知如此，還要繼續下去，真教人懷疑他們是不是腦袋有問題。年紀輕輕卻不事生產，想當藝術家的人多少是在逃避現實。」

園子沒有附和上司，在心中吐槽「你根本不懂藝術，還眞敢說」，並對自己竟然要和這種人一起吃中飯暗自嘆息。

她在蕎麥麵店吃了鴨肉蕎麥麵，因爲井出先點了她原本想點的天婦羅蕎麥麵。井出一邊吸著鼻水吃天婦羅蕎麥麵，還一邊和園子閒聊。話題都圍繞在結婚上。這個股長似乎認爲自己有年近三十卻仍未婚的女部下，是一件丟臉的事。

「工作當然很好，但我們做人哪，養兒育女也很重要。」

才不過吃一碗天婦羅蕎麥麵的工夫，這句話井出就重複了三次。園子不斷陪笑，完全食不知味。

園子的公司是下午五點二十分下班，但因爲今天要加班，她離開公司時已超過七點。她一如往常地朝車站方向走，忽然想起一件事，途中轉進岔路。就是她中午去蕎麥麵店的路。

可能不在了——她帶著這種想法走到了青年賣畫的地方。他還在，但好像已收攤，正在收拾畫作。

園子慢慢靠過去。只見他將畫布逐一收進兩個大包包內。園子沒看到那幅小貓咪的畫，大概收起來了。

青年發覺有人來了，回過頭，瞬間大感意外地張大眼，但並未停下手邊的工作。

園子做了一個小小的深呼吸，下定決心開口：

「那張貓咪的畫賣掉了嗎？」

青年停止動作。然而他什麼都沒說，接著手又動了起來。

正當園子以爲對方不想理她的時候，青年從其中一個包包裡取出一幅畫。就是貓咪的畫。

「我的畫從來沒有賣出去過。」他把畫遞給園子時這麼說。態度雖然直接，口吻聽起來卻有幾分羞澀。

園子再度觀賞那幅畫。不知是否是路燈的關係，那幅畫與中午有點不同。畫中主角是一隻茶色貓咪，抬著一腳在舔自己的大腿內側。貓咪爲了不翻倒而用另一前腳勉力支撐的模樣，莫名惹人愛憐。她不禁莞爾。

她從畫上抬起頭，恰恰與他四目相接。

「這畫多少錢？」她問了中午錯過機會沒開口問的話。

他思索般沉默一會，一樣很直接地說：

「不用了，送妳。」

這意外的回答令園子詫異地睜大眼睛。

「爲什麼？這樣不好吧。」

「沒關係。妳看著這幅畫笑了，那就夠了。」

園子看看青年，然後視線落到畫上，又抬眼看他。

「是嗎？」

「畫這幅畫的時候我就想，希望能把這幅畫送給看了之後微笑的人。」說完，他從包包裡取出一個白色的大袋子。「用這個裝吧。」

「眞的可以嗎？」

「嗯。」

「謝謝，那我就收下了。」

青年笑著點頭，然後把所有的畫分別裝進兩個包包裡，一個掛在左肩上，另一個用右手提著站起來。這段期間園子一直站在旁邊，她想找機會說一句話。

「那個……」她鼓起勇氣說：「你餓不餓？」

他誇張地壓著肚子，「餓死了。」

「那要不要去吃點東西？我請客，算是畫的謝禮。」

「那幅畫不値一碗拉麵的錢。」

「可是我又不會畫畫。」

「妳不會畫，但妳有更有用的才能，不然怎麼可以去那家蕎麥麵店吃中飯。」他說完，指指園子中午去的蕎麥麵店。

「討厭，你看到了？」

「那家店滿貴的。有一次我餓了想進去，看到價錢就放棄了。」

「那麼，我請你吃蕎麥麵？」

聽她這麼說，他想了想，回答：

「我想吃義大利麵。」

「沒問題，我知道一家不錯的店。」園子應道，慶幸自己以前曾陪後進去過義大利餐廳。

兩人隔著鋪了白底格紋桌布的餐桌相對而坐。

菜單幾乎是園子決定的。她點了海鮮類的前菜，主菜則選了悶煎鱸魚。問青年他喝不喝葡萄酒，他略加思索後，說「夏布利」。園子沒想到他會說出品名，相當驚訝。

青年說他叫佃潤一。正如井出股長的推測，他果真沒有正職，但原因和井出所猜的不同。他說是想有充足的時間畫畫才沒去找工作，目前在大學學長開的設計事務所幫忙，賺取生活費。

「我要的不是作品被裱框掛在有暖爐的房間裡。我希望大家能更輕鬆地看待我的畫，拿我的畫來玩，好比印在T恤上之類的。」

「或是看著貓咪的畫笑出來？」

「對。」潤一以叉子捲起義大利麵，露出滿面笑容。但他好像忽然想起什麼，笑容很快地消失了。「不過，那全是夢。」

「怎麼說？」

「就是時限到了。」

「時限？」

「他們強迫我答應，要是畢業三年後沒闖出名堂來，就要去工作。」

「誰？」

他聳聳肩，「我爸媽。」

園子「哦」了一聲，點點頭：「那麼，明年四月你就要去上班了？」

「是啊。」

「放棄畫畫？」

「我也想繼續畫，可是大概沒辦法了吧。所以，爲了和夢想訣別，我才會把以前的作品拿來賣。只不過完全賣不出去，哈哈。」

「是什麼公司？」

「很無聊的公司啦。」潤一說完，喝了一大口葡萄酒。接著，他反過來問園子在什麼公司上班。

園子說出公司名稱，佃潤一露出有些意外的表情。
「聽起來不像電子零件製造商，還比較像做學校教材之類的公司。」
「這似乎不是稱讚。」
「我沒有褒貶的意思。妳在公司做怎樣的工作？」
「業務。」
「哦，」潤一微側頭，「我以爲是會計。」
「爲什麼？」
「不爲什麼。我不太清楚公司裡有些什麼部門，說到女性，就以爲是會計。妳看嘛，推理小說大多是這樣寫。」
「你看推理小說？」
「偶爾。」
兩人的話題沒有間斷過。園子感到十分不可思議。她從來沒有在用餐時說過這麼多話，而且向來認爲自己算是不愛說話的。然而和潤一在一起，她甚至覺得自己變得很會說話。
最後，這頓飯吃了將近兩個小時。她好久沒有花這麼多時間慢慢吃晚餐了。
「眞抱歉，讓妳這麼破費。」離開餐廳後，潤一說：「我本來沒這個意思的。」
「沒關係，我也想補充一點營養。」

園子暗忖，要不要問接下來想去哪裡？她不願就此分別。儘管聊了這麼久，她卻沒有問潤一的電話，也沒有告知自己的聯絡方式。

園子和潤一並肩走著，她告訴自己：之後對方根本不會與和泉園子這種年紀比他大的女人聯絡。是她自己主動請對方吃飯的，而且這是晝的回禮，能度過一段久違的快樂時光，應該要滿足了。這已爲自己一成不變的枯燥生活帶來一點歡樂，不是嗎？

到車站後，潤一依舊淨說些無關緊要的話，沒問園子的電話。然後，她要搭的電車來了。

園子上了車，潤一微微舉起一手，目送著她。電車上有一些與她年紀相仿的女乘客。相較於她們，園子心中湧現了幾分優越感。

遇見佃潤一已過四天，園子仍想著他。連她自己都頗爲驚訝。

在那之前，園子總認爲將來不會再有新的邂逅了，她預期自己八成會在種種妥協之下與某人介紹的對象結婚，不會談什麼轟轟烈烈的戀愛。但她認爲這樣很好。她知道有幾個朋友都是這樣結婚的，並不覺得有何不幸。畢竟多數人的人生都與電視連續劇中的戀愛無緣，而且她分析自己也不可能例外。

現在情況卻出乎意料。

佃潤一占據了她的心，讓她難以集中精神工作。與他相遇，她確實感到一陣清新，但沒有料到影響竟持續這麼久。

午休一到，園子便走向那家蕎麥麵店。那天以來，這是第一次。她無法不察覺自己的心情激動。其實她早就想去了，只是一直勉強忍耐著。原因是她不想當一個會錯意的女人，搞不好佃潤一沒有想再見到她的意思。

她已做好心理準備——就算他在，也不要自以爲很熟地靠近，只要遠遠朝他笑一笑就好。如果對方叫住她，她再走過去。

但那裡並沒有佃潤一的身影，取而代之的是幾個裝了垃圾的半透明袋子。此處本來好像是垃圾清運點。園子一面走向蕎麥麵店，一面掃視四周。潤一也不在附近。她失望地走進店裡。

然而——

正當園子吃著天婦羅蕎麥麵時，有人在她的對面坐了下來。這家店中午人很多，大家都很習慣併桌。園子並沒有特別在意，直到聽見那人點天婦羅蕎麥麵的聲音，才抬起頭。只見潤一得意地笑著。

「嚇我一跳。」她說。「你剛進來的？」

「對啊。不過，這不是巧合，我是看和泉小姐進店才跟來的。」

「你剛才在哪裡？我也找過你，可是沒看到你。」說完，園子心想糟了。但潤一似乎沒對她這句話想太多。

「我在對面的咖啡店，工作途中順便去的。不過我的直覺眞靈，我就覺得和泉小姐今天會出現。」

得知潤一在等她，園子感到心花怒放。

「找我有事？」

「嗯，有東西想拿給妳。」

「什麼東西？」

「那是吃完蕎麥麵後的驚喜。」蕎麥麵正好送上桌，他掰開了免洗筷。

一到店外，潤一便從側面寫著「計畫美術」的大運動包包裡拿出一幅畫。很像前幾天他送的貓咪畫。

「希望妳能收下。」

「爲什麼？」

「之前那幅畫我實在不滿意。我一直在想到底是哪裡不對勁，找到答案後就重畫了。既然畫好了，我希望妳能收下畫得比較好的這一幅。」

園子再次觀看那幅畫。的確有些不同，但她完全看不出比上一幅畫好在哪裡。

「那麼，之前那幅畫該怎麼辦？」

那幅畫已掛在她的住處。

「丟了吧。有兩幅同樣的畫沒什麼意義，何況那是失敗的作品。」

「兩幅我都掛起來，反正我牆上還有空位。」

「那很怪耶。」

「有什麼關係，我就是喜歡貓。」

「哦……」

於是他們很自然地約好下班後見面，是潤一提議的。園子覺得簡直就像是自己的念力奏效了。

晚上他們在串燒店喝啤酒、日本酒，一起用餐。潤一喝醉後話變得更多，再三說到在日本以藝術維生總被當成罪人一般。看來，放棄夢想他還是心有不甘啊——園子有些茫然地這麼想。

話題轉到「下次我做菜給你吃」。園子會這麼說，是因爲潤一提起這幾個月都吃外食和便利商店的便當。

「我可以當眞嗎？」他問。

「當然。」園子回答，同時又在心裡反問：那你呢？

之後，潤一把自己住處的電話告訴她。園子也在給潤一的名片背面寫上家裡的電話。這個約定在一週後實現。潤一帶著冰涼的香檳作爲伴手禮，來到園子位於練馬的公寓。園子以不太拿手的西式料理招待他。

當天夜晚，兩人在狹小的床上共度。

3

認識三個月左右，園子去了潤一的家。不是他獨立生活的公寓，而是他父母所住的家。他家位於等等力的高級住宅區，從大門到玄關門之間還有一大段距離，是一幢氣派的洋房。

「這是怎麼回事？」下了計程車，站在大門前，園子問潤一。

他露出羞澀的笑容，向園子表明了一切。她這才知道，原來潤一的父親是大出版社的社長，他是長男，而今年春天要上班的地方就是父親的公司。這些事園子不但是初次聽說，也是她萬萬沒料到的。

「爲什麼你一直瞞著我？」園子語帶質問。之前潤一只說老家是間小書店。

「我沒有瞞妳的意思，只是沒機會說。」

「至少昨天要告訴我啊！」園子十分在意自己的穿著打扮，因爲她刻意選了樸素的衣服。「我穿這樣行嗎？」

「放心啦！我爸媽很樸實的。」

見園子躊躇不前，潤一往她的背上溫柔地推了一把。

他的父母的確可說是具有樸實的氣質，但這種樸實應該是來自於他們的從容。父親卓越的話術，母親洗練的打扮，都是園子未曾接觸過的。

然而最美妙的是，他們的態度沒有讓園子感受到絲毫壓力，甚至營造出一種令她舒適自在的氣氛。一想到也許有機會在這裡度過下半生，園子心中澎湃不已。

園子父母雙亡一事似乎並未令他們對她失去興趣。他們比較在意園子的哥哥從事什麼行業。

一聽園子說是警察，雙親明顯露出安心的神色。

「這是個可靠的行業。」說完，他父親笑了，與妻子對望，點點頭。如此看來，即便表面上再怎麼樸實，他們內心仍有所標準吧——園子如此理解，暗暗感謝哥哥從事了一個「可靠的行業」。

當時並沒有具體談到將來，也就是沒有提到結婚的話題。主要是大家都對潤一還沒開始上班有點在意，而有所遲疑。不過潤一帶她去見父母，園子就很滿足了。

現在回想起來，園子非常後悔沒有立刻帶潤一去見哥哥。因爲哥哥一定會要求潤一做出承諾。這麼一來，也許事情的發展就會完全不同。

可惜，園子把潤一介紹給了另一個人。

弓場佳世子是園子唯一的知心朋友。她們從高中時代就認識了，是縣立高中一年級和三年級時的同班同學。換句話說，佳世子也是愛知縣人。兩人友誼增溫是上大學之後的事，因爲園子和佳世子進了東京同一所大學的同一科系。

對於在全然陌生的外鄉獨立生活的人而言，有個同鄉、同母校出身的夥伴著實安心不少。那些開不了口向東京的朋友請教的事，問佳世子就一點也不覺得丟臉。

「忠犬八公在哪裡啊？」

這是佳世子初次約會前問園子的問題。她和男方約在那裡碰面。佳世子坦白承認，當那名男大學生指定這個地點時，她無論如何都不好意思說不知道。

這樣的心情園子感同身受。她聽過忠犬八公，卻不知道確切的位置，因爲她也不敢問別人。於是兩人買了東京的情報雜誌，查出八公的位置。

只不過大學這四年，佳世子改變許多。入學之初，兩人都是不起眼的女孩，但佳世子迅速找到新風格，穿著和化妝也變得搶眼，她的變化像是一種反彈，因爲高中的校規很嚴。園子自以爲變得成熟、洗練許多，但每次一看到佳世子，便不由得自慚形穢。

兩人一起逛街購物時，佳世子常會幫園子挑選衣服，例如搭配出茱莉亞·蘿勃茲在電影《麻雀變鳳凰》裡的風格。可是園子終究不敢嘗試，她覺得那只會顯得自己很可笑。

然而，佳世子卻能把這些衣服穿得俐落有型，非常好看。她的個子比園子嬌小，平常也不覺得她特別美，但這時候的她，全身上下都散發出明星般的光彩。也許是自信由內而生的緣故吧。

「化妝很重要，不過穿對衣服更重要。」她經常這麼說。「穿上對的衣服，臉會變小。像是臉頰這裡，大概會縮個一公分。是眞的喔！」

她向來認定只要外表裝扮得宜，內在也會隨之提升。

不久，她們就面臨了就職問題，但兩人都不打算回愛知縣。尤其是佳世子，還斬釘截鐵地說：「無論如何都要從事媒體方面的工作。」

園子則是利用表舅的人脈，在目前這家總公司位於愛知縣的公司就職。雖然佳世子說「製造業好土」，但園子沒有不靠關係就能找到工作的自信。

最後佳世子放棄了媒體工作，進入一家小保險公司，靠的終究還是親戚的關係。和多數女子大學畢業生都失業的窘境相比，她們應該算是運氣好的。

幾年過去了，她們都仍未結婚。有了固定的對象一定要和對方報告——這是她們之間的約定。

是的，這是約定。所以，園子才會向她介紹潤一。

七月的某個星期六傍晚，園子和佳世子買完東西後，就在新宿一家飯店的大廳等待。她們和潤一約在這裡，潤一剛好爲了工作來到附近。

關於潤一的事，園子都大致告訴佳世子了。本來以爲是學畫的窮學生，結果竟是小開，佳世子聽她說的時候，那神情與其說是羨慕，不如說是訝異她怎會這麼後知後覺。

不久，潤一出現了。將頭髮梳整好的他，穿起西裝非常合適。

「我從她那邊聽了好多關於弓場小姐的事。」潤一對佳世子微笑著說。

「都是些什麼事啊？眞好奇。」佳世子看看園子，又看看潤一。

「我跟他說妳是絕世美女。」

「咦——！妳開玩笑的吧！眞是的。」佳世子白了園子一眼，而後難爲情地看著潤一。

「不過，比我想像的美太多了，嚇我一跳。」

「別鬧了啦！你們兩個竟聯手欺負我。」佳世子以手帕搧臉。

之後，他們在餐廳用餐，去雞尾酒吧喝了點酒，便與佳世子道別了。潤一送園子回公寓。一路上的對話中，他好幾次提起同一句話——「美好的女性」。這是他用來形容佳世子的話。

「她有種不可思議的魅力，就算在一大群人當中，仍會自然而然地引人注目。這就叫出色嗎？在餐廳裡，也有男人不斷偷瞄她。像她那樣的人怎麼沒進演藝圈？」

「學生時代她想過，也參加過甄選。」

「哦，結果成績不好嗎？」

「成績還算不錯啦。」

「要進那個圈子很難吧。她條件那麼好，至今卻還單身，眞教人意外。她有男朋友嗎？」

「現在應該沒有，她說職場沒有好男人。」

「她說是在保險公司工作嘛？」

「對。買保險的時候記得找她喔！」

園子對這天的成果十分滿意。潤一似乎對佳世子的印象不錯。園子把佳世子當成一輩子的朋友，所以一直很擔心她和自己未來的丈夫會合不來。

殊不知，這天介紹他們認識，竟會招致毀滅。

4

和泉園子經常被認爲是個穩重的女性，很大一部分是源自她外表給人的印象。她絕對不胖，但臉形造成視覺上的錯覺，害她經常被形容成「有點胖胖的」。而日本人就是有先入爲主的觀念，認爲這種類型的女性一般都是「穩重型」的。

她也認爲自己並非沒有「穩重」的地方，只是與「穩重」相反的地方更多：既神經質又膽小，唯獨嫉妒心比別人強上一倍。有時甚至連她自己都討厭這種個性。

但園子認爲就算自己眞的是「穩重型」，也不可能沒察覺潤一這一、兩個月的變化。他的態度就是如此明顯的不同。

首先，約會的次數變得非常少。潤一說工作很忙。可是以前即使白天沒有時間，他也會半夜突然來訪。

電話也變少了。應該說，他幾乎不主動打來，都是園子打給他。潤一會回應她，但絕對不會主動提起新的話題，像是深怕通話時間拉長。

園子無法不感覺到不祥的腳步聲漸漸逼近。她想知道潤一究竟是怎麼了。

可是她不敢問。因爲她覺得，那就像是拿走瀕臨倒塌的建築物的支架。她懷抱著幻想，或許過了一段時間，這幢瀕臨倒塌的建築會再次扶正。

然而，最後園子被迫認清自己有多天眞。

就在這個星期一，潤一打電話到園子的公司。他很久沒有這麼做了。他問今晚能不能去園子住的公寓。

「當然可以，那我做飯等你。」

「不用了，我會吃過飯再去。我晚上要應酬。」

「那要準備酒嗎？」

「抱歉，之後我還得回公司……」

「這樣啊……」

「那麼，晚上見。」說完，潤一掛斷電話。

明明就要和潤一見面，園子卻一點也不興奮雀躍，反而是恐懼占據了她的心。她確信潤一是來宣布令人絕望的消息。

但她不能逃避，只能在公寓裡等他。當晚，她食不下嚥。

潤一終於來了，進了屋後，他沒有鬆開領帶，也不喝園子端出來的咖啡。

然後，他表情生硬地說了。請妳忘了我——正是園子預期中最可怕的一句話。

爲什麼？她問。因爲我喜歡上別人了，他答。

「是誰？是怎樣的人？」園子接著問，他卻不答。她認爲事有蹊蹺，進一步逼問，一邊哭著。

約莫是覺得再瞞便談不下去，潤一終於吐出對方的名字。園子萬萬沒有料到會聽見這個名字。由於太過意外，一時之間她甚至不知道是誰的名字。

「你騙我的吧？」園子說。「爲什麼是佳世子？」

「抱歉。」潤一垂下頭。

5

一想起那當天晚上的情景，園子便因過度悲傷而感到暈眩。她又哭又叫，緊緊揪住潤一，生氣、失神，然後又哭泣。在混亂中，她痛罵佳世子。罵了佳世子什麼？怎麼罵？她記不得了。只剩下她說「我不會死心的」，以及「我一定會把你搶回來」的記憶。眼底模糊地留下，潤一俯視著她時的悲哀神情。

過了幾天。

這麼短的時間，心靈的創傷當然無法癒合，但她稍微冷靜了，想回老家一趟。此刻，她莫名想念哥哥。

「我想，我死了最好。」

哥哥聽到這種話，一定嚇壞了。即使對哥哥感到抱歉，園子仍想誠實說出自己的心情。

他或是佳世子——

園子腦中浮現不祥的幻想。要是他們其中一人殺了我，該有多好。

就在這時候。

玄關的門鈴響了。

第二章

1

十二月的第一個星期一，和泉康正駕著愛車行駛在東名高速公路上。他從用賀交流道下去後，進入環狀八號線北上。不愧是年底的車潮，大卡車和商用車讓公路塞到令人絕望。要是康正知道其他路徑或許還有對策可言，但他不熟悉東京的地理，不敢隨意走岔路，以免落入迷路的窘境。

應該搭新幹線來的——這種想法在腦海浮現，但他想了一想，又覺得還是開車好。萬一有突發狀況，不能沒有車。

康正一面望著載貨大卡車的車尾，一面調整收音機的頻道。就連ＦＭ也有相當多節目。他心想，東京果然不同。他住在愛知縣的名古屋。

這次來東京是臨時決定的。正確地說，是今天天亮時做的決定。

事情的開端，起於上週五妹妹園子的一通來電。她從東京一所女子大學畢業後，就在某家電子零件製造商的東京分公司工作，兄妹一年未必有機會見上一次面。尤其是三年前母親病逝後，就更少見面了。父親則是在康正兄妹年幼時，便因腦溢血過世。

由於兄妹倆是彼此在世上僅存的血親，儘管很少見面，聯絡卻從來沒斷過。尤其是園子，經常打電話給他，不過幾乎沒什麼大事，都是「有沒有好好吃飯？」之類的寒暄。康正心裡清楚，妹妹打電話回來不是感到寂寞，而是她算算時間，覺得哥哥大概想聽聽自己的聲音了，才這麼做的。妹妹就是這麼體貼。

然而，上週五晚上打來的那通電話不同以往。過去康正問她最近過得好不好，她都會回答「很好」，當晚卻首次傳來不一樣的回覆。

「唔……老實說，不怎麼好。」

園子無精打采地回話，還帶著鼻音。

她始終避談發生了什麼事，最後丟出一句讓康正心驚膽跳的話：

「我想……我大概死了最好。」

她隨即說是開玩笑，康正可不這麼想。妹妹一定出了什麼事。

在那之前，她還說被相信的人背叛了。

第二天正好是星期六，康正休假，一直在家裡等園子回來。他事先計畫好了，園子回來後，兄妹倆就一起去吃壽司。這是她回老家時的慣例。

然而，園子沒有回來。下午三點左右，他打電話到園子住的公寓，無人接聽，原本以爲她已出發，但直到傍晚、天黑，她仍沒有出現。

星期日早上到星期一早上，也就是今天白天，康正都要值班。沒辦法，他就是從事這種特殊的職業。康正在上班時間打了好幾次電話回家，他想園子應該會帶鑰匙，就算他不在也進得了家門。但仍無人接聽，也沒有她的電話留言。他又打電話到她東京的住處，依舊沒有任何回應。

園子究竟跑哪去了？他毫無頭緒。康正知道園子高中時代的好友也是獨自住東京，但他不知道怎麼聯絡那個好友。

他心不在焉地熬過了值勤之夜，所幸沒有重大工作上門。不安的情緒膨脹到令他坐立難安，天一亮，他決定去東京一趟。

下了班，在家裡小睡兩小時之後，他打電話到園子的公司。接電話的股長說了一些讓康正更加不安的話。對方表示園子沒去上班，目前為止也沒聯絡公司。

康正連忙收拾行李，開車從家裡出發。雖然才剛值完班，但行駛在東名高速公路的這段期間，他沒有感到絲毫睡意。不，是他沒有心思去感覺。

康正花了一個多鐘頭才下了環狀八號線，轉進練馬區目白通沒多久後停下。總算抵達目的地了。

園子住的公寓是一棟貼了淺米色外磚的四層建築，康正來過一次。他看得出來，這棟建築外表雖然亮麗，其實蓋得十分粗糙，因此勸妹妹別租房子，不如買像樣點的公寓。可是園子微笑拒絕，說要把錢花在更值得的地方。康正也很明白妹妹固執的性格。

公寓一樓有一部分被出租為商店，但鐵門深鎖，貼著招租的傳單，好似在宣揚著近來的不景氣。康正在店門前停車，從旁邊的入口進去。

他首先檢查的是信箱。園子住在二一五號室，這個信箱塞有大約三天份的報紙，康正對此並不感到意外，只是心中不祥的預感愈來愈強了。

由於是白天，也可能是住戶中單身人士多的關係，公寓靜悄悄的。康正上了二樓，來到園子的住所，一路上沒遇到任何人。

他先按了門鈴，但等了半天都沒有回應。他又敲了兩、三次門，結果也相同。屋裡看來是無人活動的狀態。

康正從口袋裡拿出鑰匙。那是上次來的時候園子交給他的，說是出租的仲介給了兩把鑰匙。兄妹倆在雙親亡故時做了一個約定，要互相交換備份鑰匙直到有人結婚。他將鑰匙插入鑰匙孔時，靜電爬過指尖。

康正開了鎖，轉動門把。打開門時，感覺有一陣風透胸而過，一陣不祥的風。他嚥了口唾沫，做了某種心理準備。若問他料到什麼、做了什麼準備，他也說不上來，總之他現在的感覺和值勤中趕往事故現場時很相似。

園子住的地方是所謂的一房一廳格局。一進門是開放式廚房，寢室在後面。一眼望去，開放式廚房似乎沒有異狀，與寢室之間以拉門作爲隔間，現在門是關起來的。

玄關並排著一雙茶褐色淑女包鞋和一雙水藍色涼鞋。康正脫了鞋，走進去。屋內的空氣冰冷，看來至少今天晚上沒開暖氣。燈是關著的。

餐桌上擺著一個小碟子，上面似乎有燃燒紙張後殘留的黑色灰燼。但康正沒多看，先開了寢室的門。

一看室內，他不禁屏住呼吸，僵在原地。

寢室約有三坪，靠牆擺著一張床，妹妹閉著眼睛躺在那裡。

他維持開門的姿勢半晌。腦袋瞬間空白，接著種種思緒、情感，有如群眾逼近般紛至沓來，不久便開始在他耳邊嘶吼。但他無法加以梳理，只能茫然佇立。

終於，他緩緩向前，試著輕輕叫聲「園子」，但毫無回應。

妹妹死了。由於工作的關係，康正比一般人更常接觸屍體，光看肌膚的色澤和彈力，就能判斷有無生命跡象。

園子身上的毛毯蓋到胸前。康正將碎花毛毯輕輕掀開後，再度倒抽了一口氣。

她身邊放著一個自動定時器。那東西康正見過，是妹妹在名古屋時就常用的舊定時器。乍看像鬧鐘，不同的是接了電線，而且鐘面旁有兩個插座。一個插座標著「ＯＮ」字樣，另一個則是「ＯＦＦ」字樣。若使用的是「ＯＮ」的插座，到了預先設定的時刻，電流便會由此流通，若用的是「ＯＦＦ」的插座，則是會把本來流通的電流關掉。

現在使用的是「ＯＮ」的插座，上頭插了插頭，連接插頭的電線在中途分成兩條，分別進入她的睡衣裡。

康正檢視定時器，設定的時刻是一點鐘。由於是舊型的機械鐘，看不出是中午還是晚上。

他雖然沒有掀開睡衣檢查，但也猜得出來那兩條電線是如何連接的。這種裝置大概就是一條固定在胸前，另一條固定在背後，時間一到，電流便會通過心臟，造成休克死亡。他把定時器的電線從插座上拔下。原本持續著轉動的時鐘指針停在四點五十分。就是現在的時刻。

康正蹲下來，輕輕握住園子的右手。那隻手的觸感又冷又硬。上週五應該還在的水嫩彈力消失了。

宛如烏雲壓境一般，悲傷逐漸占據了康正的心。若任由悲傷擴大，他肯定會就這樣蹲著，無法再站起來。康正想放肆地大哭，但有個念頭督促著他必須趕快採取下一步行動。這也與他的職業有關。

第一件該做的事是報警。為了尋找電話，他再次環顧室內。

這個房間除了床之外，擺有衣櫥、電視和書架，但沒有梳妝台。仔細一看，原來書架中層被拿來放化妝品，再下面那層則用來放文具，有像是透明膠帶和封箱膠帶之類的東西，還擺著一個小丑造形的瓷偶，那瓷偶陰森地笑著。

床畔放了一張小桌子，桌上擺著裝有半杯白酒的酒杯，酒杯旁是兩個空藥包。康正猜想那應該是安眠藥，大概是配著白酒吞服的。桌上除了這些，還有一支又細又短、看似記事本附的鉛筆，以及貓咪的寫眞桌曆。

無線電話的子機就倒在桌角旁，他正想拾起又立刻打住。有個小東西掉在話機的旁邊。

那是葡萄酒的軟木塞蓋，螺旋式的開瓶器插在上面沒拔下來。

這讓他覺得不太對勁。

康正盯著軟木塞好一陣子，才起身步向開放式廚房，打開冰箱。

裡面有三個蛋、盒裝牛奶、烤好的鮭魚片、乳瑪琳、通心粉沙拉、用保鮮膜包起來的米飯，但沒有他要找的東西。

他往廚房另一邊看，還有一只葡萄酒杯立在水槽中，原本想直接拿起，卻又突然收手。康正從口袋裡取出手帕，包住指尖，才伸手去拿酒杯，然後聞了聞。

酒杯沒有任何香味，至少沒有葡萄酒味。

接著，他朝酒杯呼了一口氣，透著日光燈來看，上面似乎沒有指紋。

正當他把酒杯放回原位時，水槽旁的流理台上有個東西吸引了他的目光。

那像是削過某種物品後留下的碎屑，長約一公分。略數了一下，有十來段。

康正困惑不已地盯著這些碎屑，忽然間，他想起什麼似地拈了一塊較大的碎屑，回到寢室，跟連接園子身體與定時器的電線比較。

果然不出所料，碎屑和電線的塑膠外皮材質是一樣的。看來是特意削除電線一端的外皮，讓它露出金屬線來導電。康正瞭解碎屑的來源了。

可是，爲什麼要在流理台進行這項作業？

康正重返廚房檢查，這次是翻垃圾桶。餐桌旁有個印著玫瑰花樣的小垃圾桶，裡面是空的。另外有兩個塑膠大垃圾桶，並排在廚房一角，應該是用來分可燃和不可燃垃圾的。

康正在不可燃的垃圾桶裡，發現了他一直在找的東西。一個德國白酒的空瓶。這時，他再次使用手帕，將空瓶取出後，觀察瓶內。看來是滴酒不剩，瓶身上有數枚指紋。

這個垃圾桶裡還有一個玻璃瓶，是國產蘋果汁的空瓶。是不含酒精的飲料。

康正將兩個空瓶放回垃圾桶，再次回到流理台旁，環視周遭。瀝水盆裡有一把菜刀。他一樣隔著手帕拿起菜刀。

他拎起菜刀，刀刃向下，右側刀面上沾有塑膠碎屑，和剛才發現的東西一樣。原來如此——康正明白了。他推測塑膠外皮就是用這把菜刀削下來的，碎屑才會留在流理台上。

他清除掉菜刀上的碎屑，把菜刀放回瀝水盆，然後做了一個大大的深呼吸。

康正全身的血液沸騰。與剛才發現園子死去時的感受不同，湧起另一股波動，情緒漸漸支配了他的肉體，頭腦卻冷靜得不可思議。

康正就這麼站著，冷靜至極地運轉著腦袋，盤算接下來該怎麼做。他必須在極短的時間內，快速且大量地思考、假設，並做出決定。這個決定需要勇氣，因爲這是一條絕對無法回頭的不歸路。

然而，康正幾乎毫不猶豫便做出決定。他認爲這是理所當然的。

將思緒整理一番後，他吐出一口氣，看看手表，五點多了，已沒有時間可浪費。

他穿上鞋子，先從防盜眼確認外部情況才開門，接著溜出門外，快步離開。

來到公寓外，環顧四周，看到大約一百公尺外有一家便利商店。他豎起夾克的衣領遮臉，走向店家。

康正買了兩組附鎂光燈的即可拍相機、一組薄手套，又買了一包塑膠袋。回到公寓前，他看到自己的車子，想起一件事。於是，他打開後車箱。棒球手套和球棒就扔在裡面。他是職場同事組成的草地棒球隊的先發投手。

後車箱深處有個大型工具箱，康正拉出箱子並打開。箱子有兩層，下層有一把像是巨型剪刀的金屬剪。他拿出來，關上工具箱。

他再次回到園子住所前，確定四下無人之後，才把門開了一小縫，側身溜進去。這時，門後發出一個小小的金屬聲響，好像是來自信箱。以前園子說過，報紙和一般郵件只會投到一樓的信箱，如果是限時快遞，就會送進門口的信箱。

康正打開信箱，裡面有一把鑰匙。他取出鑰匙，看了看，拿來和自己進屋時用的那把比對。看樣子是同一扇門的鑰匙，但不是房東給園子的，而是後來另外打的。他將這把鑰匙放進夾克胸前附拉鍊的口袋。對於這把鑰匙，此時他無法立刻有明確的看法，但他判斷交給警方並非上策。

接著，康正面向門，扣上門鍊。仔細回想，他剛來到這裡時，門鍊並沒有扣上，實在奇怪。康正很瞭解園子，她非常注重門戶安全，難以想像這個習慣會在自殺前破例。他一面這樣想，一面拿金屬剪把門鍊從中央剪斷。

他先將金屬剪放在玄關旁的鞋櫃上，再把即可拍相機也放在那裡。雙手戴上手套，抽出一個剛買的塑膠袋，拿在左手。接下來的行動，絕不能讓警方察覺。

康正脫了鞋，趴在開放式廚房的地上，將視線拉低到下巴幾乎著地，搜尋所有可疑的痕跡，同時緩慢前進。康正對這種爬蟲式姿勢和視線運用法可說是再熟悉不過了。

他在開放式廚房的地板上找到十來根頭髮，此外，還發現地板上有少許沙土。康正覺得愛乾淨的園子屋裡不大可能會出現這種東西。他將沙土顆粒盡可能蒐集起來，和頭髮一起放進塑膠袋。

接著他換了一個塑膠袋，在寢室裡展開了同樣的行動。奇怪的是，這裡也有少許沙土，簡直就像有人直接穿鞋進來。

不，如果是穿鞋進來，沙土又太少了。

康正帶著困惑持續作業。只要是人生活的地方自然就會有落髮，這裡一樣也掉了幾根頭髮。

不過，康正發現另一件怪事。寢室一角有個圓筒形的垃圾桶，旁邊散落著沾有口紅的面紙和揉成一團的廣告傳單。園子實在不可能如此邋遢。

還有，一根繩子掉落在屋內一隅，不知道是用來做什麼的。那是根塑膠繩，大約有四、五公釐粗，五、六十公分長，顏色是美麗的綠色。康正環視四周，想找出繩子是否與什麼生活小智慧有關，但實在想不出有效的利用方式，於是當成證物留下來。

床邊放著一個裝有替換衣物的籐籃。他翻一翻，籃裡扔著牛仔褲、毛衣等家居服，最上面是一件水藍色的毛線開襟衫。

此時，康正再度注意到床上的定時器，心頭一凜。定時器的指針停在四點五十分不再轉動，這是他剛才拔掉插頭的緣故，可不能就這樣放著。他小心不去扯動貼在園子身上的電線，把定時器反過來，調整指針。指針顯示的新時刻是五點三十分。

那個仍插著開瓶器的軟木塞該怎麼處理？康正有些猶豫。但他沒帶走，而是把軟木塞丟進垃圾桶，桶裡原本就扔了一瓶酒，開瓶器則放回廚房的櫥櫃抽屜。

他比較在意的是餐桌上那個小碟子，與碟中燒剩的紙。這些無疑是重要的證據。問題在於，是否要就這麼擺著？

關於這點，康正沒幾秒便做出決定。他拿出一個新的塑膠袋，將小碟子中的灰燼小心翼翼地倒進去。再將碟子用清水沖洗過後，直接擺在水槽裡。康正又思忖了半晌，把本來就在水槽裡的酒杯也稍微沖了一下，再用手帕擦乾，放進櫥櫃裡適當的位置。

最後，他用即可拍相機拍了幾張室內照，尤其是他感到困惑的地方。但他沒有拍園子死去的模樣，怕沖印店會發現那是具屍體。

結束了這些作業之後，正好六點。其實他還有事想做，就是查看郵件、日記、紙條之類的東西，但再耗下去肯定會有危險。

康正把相機、塑膠袋等不該出現在這屋裡的東西聚集起來，裝進便利商店的袋子裡，趁著沒人看見的時候離開，回到他的車上，把這些機密物品藏在駕駛座底下，接著又回到園子的住處。

康正在園子的遺體旁拿起無線電話，撥打一一〇報警，時間是下午六點零六分。他坐在餐桌旁的椅子上等警察，這時他看到冰箱門上的磁鐵吸住了一張紙。上面寫著幾組電話號碼，包括洗衣店、派報行，還有這兩組電話：

J　03-3687-xxxx

佳世子　03-5542-xxxx

康正取下這張紙，折起來放進口袋。

2

報警後過了幾分鐘，兩名制服警官從距離最近的派出所前來維護現場。警官看了一眼現場的狀況，不知爲何竟露出一種像是心中大石終於落下的表情。一問之下，原來是前不久附近的公寓才發生粉領族命案，他們擔心又發生一樣的案件。據說凶手還沒有抓到，目前主持偵查的是練馬警署。

「當然，對於家屬來說，這仍是一件很遺憾的事。」其中一名警官出聲打圓場。他們幾乎已認定園子是自殺。

又過了幾分鐘，一輛來自管區練馬警署的警車停在公寓前。在園子住處採指紋、拍照等搜證工作正式啓動。

和泉康正就站在園子公寓套房的門口附近接受刑警的問話。這名刑警自稱姓山邊，隸屬於練馬警署，四十五歲左右，是個皺紋滿面的乾瘦男子。看起來是這人在主持大局，康正猜測他應該是股長。

康正依程序先報了姓名住址，職業則只說是地方公務員。這已成爲他的習慣。

「這麼說，您是在市公所服務？」

「不，」他頓了頓才說：「我在豐橋警署工作。」

山邊與年輕刑警不約而同地睜大眼睛。

「原來如此。」山邊大大點頭說道：「怪不得這麼沉著冷靜。方便請教所屬單位嗎？」

「交通課。」

「好的。您來到東京，是爲了工作還是……？」

「不，和工作無關。我是覺得妹妹不太對勁，才臨時趕來。」康正搬出事先想好的說詞。

山邊對這句話有所反應：「發生了什麼事嗎？」

「上星期五舍妹打電話給我，」康正說，「電話那頭的她感覺聲音有點不對勁。」

「怎麼說？」

「她哭了。」

山邊「哦」了一聲，癟癟嘴，問道：

「那您有問她爲什麼哭嗎？」

「當然。舍妹說覺得很累，想回名古屋之類的。」

「很累？」

「她還說，沒辦法在東京生活下去了，所以我半開玩笑地問她是不是失戀了。」

「令妹怎麼說？」

「她說，就算想失戀也沒對象啊。」

「噢。」不知山邊是怎麼解讀這句話的，只見他點點頭，在記事本上做了些註記。

「從大學時代算起，舍妹到東京大概有十年了，卻沒有什麼知心的朋友。她一直爲此煩惱，在職場上又被當成是嫁不掉的ＯＬ，心裡承受不少壓力。如果不是上星期那通電話，我根本不曉得她有這些煩惱。都怪我太粗心了，要是能夠多瞭解她一點，今天也不會發生這種事。」

康正眉頭深鎖，想讓對方感受到他沉痛的心情。這段話雖然是他編出來的，但其中有一大半並非作假。他痛失妹妹是眞的，園子爲人際關係深深煩惱也是事實。

「這麼說，您掛斷電話的時候，令妹的心情還是相當低落嗎？」山邊問道。

「可以這麼說。她的聲音很沒精神。她問我明天回名古屋好不好，我說任何時候都歡迎她回來，於是她說她也許會回來，就掛了電話。」

「後來有聯絡嗎？」

「沒有了。」

「那通電話是星期五晚上什麼時間打的？」

「大概是十點左右。」這也是眞的。

「十點左右啊。」刑警又在記事本裡寫了幾筆。「結果令妹並沒有回名古屋？」

「是的。所以我猜想，她可能振作起來了，但爲了安心，星期六晚上我打了通電話給她，卻無人應答。星期日又打了好幾次，結果也一樣。於是我今天早上打去她公司找人，聽說她沒去上班，我有了不好的預感，所以就趕來了。」

「原來如此，您的直覺眞敏銳。」山邊佩服地說，似乎沒發覺這句話用在這種時候實在不算是讚美。「那麼，可以請您盡可能詳實告訴我們發現遺體時的情形嗎？呃，您有鑰匙是吧？」

「有的。我按了門鈴也沒人回應，想直接進去看看，就拿了鑰匙開門。不料一開門卻發現門扣上了鍊條。」

「所以您覺得很奇怪？」

「扣上了門鍊代表裡面有人。我透過門縫喊了幾次，還是沒有人回應。我覺得裡頭一定出事了，就回車上拿了工具箱裡的金屬剪。」

「是說，您竟然準備了金屬剪啊。這工具倒是相當特別。」
「因爲我喜歡自己做點東西，工具滿齊全的，平常也會修車，就堆在後車箱。」
「原來如此。那麼，您進去之後就發現了令妹？」
「是的。」
「進屋時，有沒有注意到什麼？」
「沒特別注意到什麼。我第一件事就是打開寢室的門，然後發現舍妹死在床上。所以，該怎麼說？我沒有心思去仔細查看室內的情況。」說這些話時，康正稍微攤開雙手，左右搖頭。
刑警點頭回應，表示這是人之常情。
「那麼，接著您就報警了？」
「是的。報警之後，我就一直坐在舍妹身旁。」
「辛苦了。接下來我們還有些事情得向您請教，今天就先到這邊吧。」山邊闔起記事本，收進西裝的內側口袋。
「舍妹眞的是觸電而死嗎？」
康正主動發問，同時也算是在蒐集情報。
「看樣子是的。呃，遺體的胸部和背部貼了電線，您有看到吧？」
「有，所以才會認爲是自殺。」

「原來如此。有一陣子很流行這種死法。哎，說『流行』也不太恰當。根據鑑識單位的說法，電線接觸肌膚的部分，有輕微燒焦的痕跡，是這種死法的特徵。」

「這樣啊。」

「噢，我忘了問，拔掉定時器插頭的是您嗎？」山邊問道。

康正答「是」。「看到舍妹時，我沒多想就拔掉了。雖然這麼做沒有什麼意義。」

這名年長的刑警回了一個同情的眼神給他，藉此表達同理之心。

在這之後，康正和山邊等人一起進入屋內。園子的遺體已送走。康正心想，首先會送到練馬警署，大概會先在那裡做進一步勘驗後，才送去解剖。雖不知會是司法解剖還是行政解剖，但他確信無論如何，遺體應該都不會有什麼問題。

屋裡有兩名刑警持續活動。一個檢查書架，另一個面向餐桌的刑警，則是將郵件一一排開。兩人肯定都是在找支持園子自殺的證據。

「有沒有什麼發現？」山邊問部下。

「包包裡有記事本，」在寢室查看書架的刑警拿來小小的記事本，紅色外皮上印著銀行名稱。可能是存款時銀行送的。

「看過內容了嗎？」

「稍微翻了一下，但沒什麼特別的。」

山邊接過記事本，像是徵求康正同意般點頭致意後，翻了開來。康正則從旁探頭過去看。

正如年輕刑警所說，裡面幾乎空白，只有偶爾寫寫食譜或購物清單。記事本最後是通訊錄，填了三組電話號碼，似乎都是公司或商家的電話，沒有個人的。其中一組可能是這棟公寓的出租仲介公司，其餘一組是美容院，另一組寫著「計畫美術」四個字，光看名稱無法確定是怎樣的公司或店家。

「可以暫時由我們保管嗎？」山邊問道。

「沒問題。」

「不好意思，日後一定奉還。」說完，山邊把記事本交給部下。這時，康正注意到記事本上沒有附鉛筆。

「我好像在寢室看過那記事本附的鉛筆。」康正說。

年輕刑警立刻若有所悟地走進寢室，從桌上拿起一樣東西。「是這個吧？」

的確是。年輕刑警把那支又短又細的鉛筆插回記事本的書背處，大小尺寸果然剛好。

「有沒有日記？」山邊接著問。

「目前沒有看到。」

「是嗎？」山邊轉向康正，「令妹有寫日記的習慣嗎？」

「我想應該沒有。」

「是嗎？」山邊倒是沒有很失落，畢竟這年頭有寫日記習慣的人本來就不多。

「令妹會感到孤單，是因為在這裡沒什麼朋友嗎？」

康正料到警方會問這種問題，早已準備好答案。

「的確沒聽她提過什麼朋友。如果有的話，她不至於會那麼煩惱，還打電話給我。」

「也許吧。」山邊似乎完全沒懷疑死者的家人會說謊。

接著，山邊問背對他坐在餐桌椅的刑警：「信件方面呢？有什麼發現？」

那名刑警頭也不回地回答：

「沒有這幾個月收到的信件或明信片。比較近期的是暑期問候的明信片，那也是七月三十一日的事了，只有三張，還都是廣告信。她特地保留下來約莫是因為可以抽獎吧。」

「這就是園子孤單生活的證明吧。」康正說。

「也不完全是啦，其實現代人都是這樣的。」山邊安慰他：「過去前輩經常教我們，調查住處要先從信件著手，但最近的年輕人家裡哪有什麼書信啊。如今已是不寫信的時代。」

「也許吧。」

康正回想自己上次寫信是什麼時候。他不禁感到萬分懊悔，如果多和園子通信，也許就能知道她身邊發生什麼事了。

調查工作一直持續到八點半左右，在康正看來，警方似乎沒有什麼收穫，負責人山邊對於以自殺結案似乎也沒有絲毫猶豫。如果對自殺的死因存疑，應該會找刑事調查官來才對，但目前沒有這種跡象。

倒是那個負責調查信件的刑警令康正十分在意。那人不只查信，還仔細查看收據之類的文件，又去看水槽、翻垃圾桶，最後卻沒有向康正提出任何問題。康正感覺得出來，此人是懷抱著與山邊等人不同的意圖在行動。

山邊臨走前，特別詢問康正今晚準備在哪裡過夜。他們想必是認爲基於心理因素，康正無法睡在這裡吧。

「我想到飯店投宿，因爲我實在不想睡在那張床上。」

「說得也是。」

山邊希望他在找到投宿地點後與警方聯絡，康正答應了。

康正在池袋車站附近的商務飯店辦好住房手續，此刻已過晚上十點。他和山邊聯絡後，在附近的便利商店買了三明治和啤酒回房，簡單解決了晚餐。雖然沒有食慾，但他知道不能不吃，而且在職業訓練之下，即便在這種時候他也吃得下去。

塡飽肚子後，他打電話給上司。股長聽了他的話大吃一驚。

「什麼！眞是辛苦你了。」上司以沉吟般的聲音說。這位股長雖然有頑固的地方，但爲人重情義，是個表裡如一的人。

「所以明天起我想請喪假，我記得二等親只有三天，不好意思，可以讓我多請幾天年假嗎？」

「當然可以，那畢竟是你唯一的親人啊。課長那邊我會幫你說的。」

「麻煩了。」

「對了，和泉，」股長的音調降低了些，「確認是自殺無誤嗎？」

康正停頓了一下，才回答：「我想是沒有錯的。」

「是嗎……你這個發現者都這麼說了，應該不會錯吧。既然這樣，你就別再多想了。」

康正沒有回應上司這句話。股長也不像是要他回答，接著說：

「那麼，這邊的事你不必擔心。」

「對不起，麻煩股長了。」

掛了電話，他在床上坐了下來，從包包取出另一個便利商店的袋子。就是拿來裝園子住處遺留物品的那個袋子。

肉眼其實就看得出來，蒐集到的落髮不只一種。園子的頭髮又細又長，而且沒有燙過。塑膠袋中則混著好幾根又粗又短的頭髮。

接著，他取出另一個袋子，裡面裝有燒剩的紙。就是餐桌上那個小碟子裡的東西。

雖然幾乎都燒成灰燼，仍殘留了三塊小紙片，應該正好是紙張的邊角。其中兩塊顯然是照片，還是是彩色照片，但完全無法推測拍的是什麼。

另一塊雖然也是照片，卻不是沖洗的相片，而是印刷品。勉強看得出上面印有黑白照片。

這是什麼東西的照片？為什麼要燒掉？

康正躺了下來，回想起園子的死狀，又再次悲傷與懊悔起來，但他不能被這些情緒影響判斷力。只不過，真要控制住情緒的波動，還需要一點時間。

康正對上司表達出死因肯定是自殺的想法，事實卻完全相反。

康正確信妹妹不是自殺，而是被人殺害，有好幾項證據可以證明。那些都是非常細微的線索，恐怕只有相依爲命的家人才看得出來，但每一項線索都對康正發送著強烈的訊息。

「有人背叛了我。」

此時，園子最後的話語又在他耳畔響起。究竟是誰背叛了她？園子那麼沮喪，一定是受了重大打擊，而這個打擊想必是園子最信賴的人造成的。會是什麼人？

應該——

是男人吧，康正心想。

園子雖然在通話時顯得較健談，卻幾乎從未說過與異性交往的事。康正不認爲有何奇怪之處，所以從來沒有特別追問過她。但他隱約感覺得到妹妹似乎有對象。園子的話中不時露出一些端倪，也許她希望哥哥能察覺到吧。

園子遭到那個男人背叛，這是極有可能的。從一般感情糾紛演變成毀滅性的結局，這種事可說是層出不窮。

當務之急，得查出那個男人究竟是誰。

他從夾克口袋裡取出折疊起來的紙張，就是以磁鐵貼在園子冰箱上的那張紙條。看起來是電話號碼的備忘清單，其中兩組號碼引起康正的注意。

J　03-3687-xxxx

佳世子　03-5542-xxxx

康正推測「J」就是園子交往對象的姓名縮寫。要確認這件事，直接打電話過去就辦得到，但他認為目前還不到那階段。他希望蒐集到一定程度的資料再說。

為了蒐集資料，康正覺得後面那個名叫「佳世子」的人應該幫得上忙。

剛才刑警問到園子是否有好友時，康正說不知道，其實他想起一個人的名字。

就是「佳世子」，正確地說，是弓場佳世子。

她和園子從在名古屋讀高中的時候就是好友，兩人一起進了東京的女子大學，有一陣子甚至合租一房成為室友。出社會後，雖然在不同公司上班，友誼卻一直維持著——這些都是康正聽園子親口說的。她常形容佳世子是「除了哥哥以外，唯一可以交心的朋友」。

康正思忖，若是去問她，或許可以得知園子的近況，她也極有可能知道園子和什麼人交往。

康正看看時間，心想要不要立刻打電話給弓場佳世子。

才剛興起這個念頭，腦海又浮現質疑的聲音，而後，園子的話聲響起。

「除了哥哥，我再也不敢相信任何人了。」她是這麼說的。

若從字面上來分析，不就意味著她連好友弓場佳世子也不敢相信了嗎？背叛園子的人，未必是男的。

可是康正又想，應該不會吧。

康正沒見過弓場佳世子本人，但根據園子的形容，他大致想像得出來。她約莫是個活潑開朗且聰明的人，不像是殺人犯。

更重要的是，她沒有殺害園子的理由啊——！

康正推理到這裡，床頭櫃上的電話響起。由於鈴聲太大，康正嚇了一跳。

「有一位加賀先生來電找您。」

「啊，麻煩轉過來。」說完後康正略感緊張，因爲他想起山邊當時曾喚一個部下叫「加賀」，就是檢查收據的那個刑警。

電話裡傳來男子說「喂」的聲音，果然是那人。

「我是和泉。」

「不好意思，在您這麼累的時候來打擾，我是練馬警署的加賀，下午和您照過面。」

他口齒清晰得像演員一般。

「哪裡，您辛苦了。」

「眞是抱歉，由於有一些事想請教，稍後想去打擾一下，不知道方不方便？雖然我想您一定很累了。」

態度相當客氣，卻有著一股不容拒絕的魄力。康正握著話筒的手不自覺用力起來。

「是沒關係啦，不過，呃……不知道您想問哪方面的事？」

「請容我在見面之後再慢慢說，因爲有好幾件呢。」

「有好幾件啊……」康正心想，既然如此，爲什麼剛才在園子住的公寓裡不問呢？

「我在飯店的客房等就好了嗎？」

「如果這樣您比較方便，當然可以，不過您投宿的那家飯店頂樓好像有間酒吧，在那裡碰面如何？」

「我知道了。您大約幾點到？」

「我這就過去。其實我在路上了，現在已看到您的飯店。」

看樣子電話是在車上打的。

「那麼，我現在就上樓嘍。」

「不好意思，麻煩您了。」

康正放下話筒，離開客房前，他先把那些放在床上的東西收進包包裡。萬一酒吧打烊，搞不好加賀刑警會和他一起回到這裡。

3

酒吧還沒有打烊。店內的小圓桌沿著玻璃窗排列。康正在服務生的帶領下入坐，就坐在店門口數來第三張桌子的地方，從這裡看得見入口。

他點了美國野火雞威士忌加冰塊，沒多久，一位身穿深色西裝外套的男子走進來。這人肩膀厚實，個子很高，是先前見過的刑警沒錯。他環視店內，目光銳利。

男子看到康正後，大步上前。

「不好意思，麻煩您了。」男子站著行禮。

康正回說「哪裡」後招呼他坐下。刑警在就座前，遞出了名片。

「在現場又忙又亂的，連自我介紹都忘了，眞是抱歉。」

刑警名叫加賀恭一郎，是巡查部長(*1)。

康正略感驚訝，因爲他對這個名字有印象。先是對名字有點感覺，再看看對方那張下巴尖、輪廓深的臉，又有種觸動記憶之感湧上，但這記憶很模糊。康正暗忖自己可能以前和加賀見過面，但他應該不認識東京的刑警才對。

「後來發現了幾個問題，想和您確認。」加賀說道。

「好的。請坐。」

「不好意思，失禮了。」這時候加賀才總算坐下來。服務生過來點單，加賀點了烏龍茶。

「您是開車來的吧？」康正問。

「是的。我還是第一次在這種地方點茶來喝呢。」接著，加賀好似想起了什麼：「說到車，據說和泉先生在交通課工作？」

「對，我隸屬交通警察隊。」

「這麼說，您也要處理車禍案件了。工作很辛苦吧？」

「彼此彼此。」

「我沒被調到交通課過，但家父以前待過。」

「令尊也是警察嗎？」

「那是很久以前的事了。」說完，加賀笑了。「不過聽說真的相當忙碌，雖然當時車禍的案件數量應該遠遠不能和現在相比。」

「尤其是愛知縣，車禍特別多。」康正一面回話，一面想像著眼前這名男子父親的模樣。

加賀點點頭。

「那麼，我就開始請教您問題，可以嗎？」

*1 相當於警察小隊長、巡佐。日本警署並沒有巡查部，巡查部長純粹是一個職稱名，而非某某部的部長。

「請說。」

「首先是藥物的事。」

「藥物？」

「安眠藥。」加賀調整姿勢，準備做紀錄。

正好在這個時候，康正點的威士忌送來了。加賀見他沒喝，便說：「您喝吧，我繼續說。」

「那麼，我就不客氣了。」康正把酒杯送到嘴邊，以舌尖舔了舔。獨特的刺激感從口腔擴散到全身。「安眠藥怎麼了？」

「令妹房間桌上放著兩個安眠藥的空藥包。不是餐桌，是寢室的小桌子。您有看到嗎？」

「有的，確實有藥包。」

「兩個藥包上都有令妹的指紋。」

「這樣啊。」

肯定是凶手周密地按上去的。

「令妹經常服用安眠藥嗎？」

「我沒聽她說過這件事，不過我想她有安眠藥。」

「您的意思是，雖然不是經常，但有時候會服用嗎？或者是，現在雖然沒有服用，但以前曾有這個習慣？」

「我的意思是，她偶爾會吃安眠藥。舍妹對於某些事情很神經質，例如出外旅行，經常無法入眠，所以會拜託認識的醫師開一些藥。雖然我不太喜歡這種解決方式。」

「認識的醫師是……？」

「在名古屋，與先父是好友。」

「您知道這位醫師的名字和在哪家醫院工作嗎？」

「知道。」康正交代醫院和醫師的名字，又說現在沒辦法立刻查出電話，加賀表示他會自行調查。

烏龍茶送來了，於是刑警中斷發問，潤了潤喉。

「這麼說，令妹並沒有嚴重失眠的症狀？」

「我想是沒有的。不過，當然了，她都煩惱得要自殺了，可能多少有點失眠的問題吧。」

加賀點點頭，在記事本裡寫了些東西。

「關於自殺方式，您有沒有什麼想法？」

「您的意思是……？」

「怎麼說呢，對一名年輕女性來說，那樣的自殺方式算是非常講究的。首先，觸電而死根本就很少見，更值得注意的是，她將電線分別貼在前胸後背再通電，這算是觸電死亡最有效率的辦法，等於是還將電流的路徑考量在內了。加上她先用定時器來設定電流啓動的時間，自己再服用安眠藥睡著，可以死得一點痛苦都沒有。如果不是看過或聽過，沒有這類知識，是想不出此一辦法的。」

康正明白加賀的意思了。康正對自殺方式沒有特別在意，不過這確實是很重要的一點。

「高中時代，曾有同學用那種方法自殺。」

康正的回答令加賀有些驚訝，只見他挺直了背脊。

「高中時代？哪一位的？」

「舍妹的。正確地說，是在她高中畢業前夕。」

死去的是園子的同班同學，一個男生。聽園子說，她和那位同學「一年大概只說過兩、三次話」，並不算熟。但這畢竟是件驚人的大事，也上過報紙電視，因此園子身邊充斥著種種資訊。康正也透過她得知了詳情。

用一句話來說，那位男同學是想以死來表達對學歷至上的社會風氣的不滿。他留在家裡的遺書中，寫著一年前就決定要在收到大學錄取通知的那一天自殺。

「那個男生有一種讓人不太敢靠近的感覺」——這是園子對那位同學的評語。

當時他正是採用這次的自殺方式，所以康正看到定時器和電線的那一瞬間，便想到一定是用了同樣的方法。

「原來發生過這種事啊，難怪會想到用這種方式。」加賀似乎明白了。
「舍妹以前說過，那個辦法可以讓人在睡夢中死去，不會感到害怕。」
「所以她特別記下來了？」
「我想應該是這樣。」
康正回答的同時也在思考。如此一來，凶手想必知道園子喜歡那種自殺方式。弓場佳世子是同一所高中畢業的，絕對知道這起自殺案件，肯定也和園子討論過。當然，不能只懷疑弓場佳世子，園子極有可能將觸電自殺一事當成高中時代的插曲和男友分享。
「那個定時器您有印象嗎？看起來是很老舊的機型。」加賀問道。
「我想應該是蓋電毯的時候用的。」
「電毯？」
「舍妹非常怕冷，從以前就說冬天沒有暖桌和電毯就睡不著。不過，那類暖器設備雖然一開始很溫暖舒適，但時間一長就會過熱，反而讓人睡不好，對吧？」
「是的。」
「所以舍妹經常用定時器，讓電毯在她睡著後自動切斷電源。這樣就不怕熱醒了。」
「原來是這樣啊。」加賀點點頭，在記事本上寫了什麼。「令妹的床上的確鋪了電毯。」
「我想也是。」

「不過，沒有打開。」

「哦，是嗎？」康正沒有確認到這麼細微的地方。

「應該是說，想打開也打不開，因爲插在定時器上的那條電線，就是電毯的電線。是把它剪斷來用的。」

這一點康正也錯過了。從電線外皮削下的塑膠碎屑，再度浮現在他眼底。

「大概是找不到適當的電線吧。」

「可能吧。所以，令妹最後是在冰冷的被窩中長眠。」加賀以文學的方式來表達。

「約莫是覺得吃了安眠藥，再冷也睡得著吧。」

「目前看來是這樣解釋比較合理。」

目前——

康正被這個說法觸動，不禁觀察起這位刑警的神情，但刑警似乎不認爲自己說了什麼具有特殊含意的話，視線落在記事本上。

「在酒方面，」加賀進入下一個問題，「令妹算是常喝酒的人嗎？」

「她很喜歡，不過酒量不算好。」康正喝了一口酒，杯子裡的冰塊喀啦作響。

「令妹最後喝的好像是白葡萄酒。床邊桌上有一個盛了葡萄酒的玻璃杯。」

「這的確是她的作風。所有的酒當中，她最喜歡葡萄酒，還知道不少品名。」

康正想起不愛西式料理的園子經常說，和食配葡萄酒是最棒的。

「您覺得呢？令妹酒量雖然不好，卻能夠一次喝完一整瓶葡萄酒？」

加賀的問題讓康正原本平靜的心起了波紋，但絕不能讓對方發覺。康正再次伸手拿起酒杯，思索該如何回答。

「我想應該不至於。再怎麼喝，頂多也是半瓶吧。」

「原來如此。這樣的話，剩下的葡萄酒到哪裡去了呢？酒瓶是空的，扔在垃圾桶裡。」

康正料到會有此一問。就是因爲有這個疑問，加賀才會先問園子的酒量如何。康正原本要回答「大概是把剩下的酒倒掉了」，又臨時打住。截至目前爲止的對話，他得到一個結論，就是不能小看這位刑警。

「大概她是喝剩的吧。」

「喝剩的？」

「葡萄酒可能是前一天或是再前一天開瓶的吧？那時候喝了一半，剩下的在自殺前喝完。」

「隔夜的葡萄酒嗎？這不像葡萄酒通會做的事。」

「舍妹雖然喜歡葡萄酒，但還不到『通』的地步。酒沒喝完的話，她也不會把剩下的倒掉，而是會把軟木塞小心塞回瓶口，放進冰箱，隔天再喝。這是我們和泉家的作法，很窮酸就是了。」

康正說的是事實。去世的母親最討厭浪費食物。

「我明白了。這樣就說得通了。」

「就算是隔夜酒，我十分慶幸她最後喝的是她喜歡的酒。當然，如果一切都沒發生才是最好的。」

「您說得是。對了，那瓶酒不知道是怎麼來的。」

「怎麼來的？」

「也就是說，酒的來源。」

「當然是從酒行買的啊，難道不是嗎？」

「可是沒有收據。」

「咦……」康正看著對方，心中一驚。

「令妹在金錢方面似乎非常謹慎，單身女子當中，難得有人能把帳記得如此仔細。十一月的帳全都記好了，十二月則是先蒐集收據，應該是準備月底一次處理吧。」

「然而，沒有葡萄酒的收據？」

「是的。錢包和包包我都找過了，沒有找到。」

「哦……」

原來如此——康正懂了。難怪這位刑警之前一直在查看收據。

「我不知道。」康正無奈地說道。「不是買了但忘記拿收據，就是拿了卻不見，再不然就是別人送的。」

「如果是別人送的，會是誰送的呢？您知道有這樣的人嗎？」

「不知道。」康正搖頭。

「令妹沒有和誰走得特別近嗎？」

「也許有，但我沒聽說。」

「一個都沒有？您和令妹通電話的時候，沒有兩、三個經常提起的人名嗎？」

「我就是記不得了，因爲舍妹幾乎不提她的人際關係。我這個做哥哥的，也不會追根究柢，畢竟她不是孩子了。」

「這我明白。」加賀喝了幾口烏龍茶，在記事本裡寫了東西。然後他略偏著頭，搔搔太陽穴。「您說令妹最後打電話給您，是在星期五晚上？」

「是的。」

「不好意思，可以麻煩您將當時談話的內容再告訴我一次嗎？請盡量詳細描述。」

「可以是可以，但我記得不是那麼精確。」

「沒關係。」

康正把他告訴山邊的話又重複一次。面對警察的時候，同樣的事情必須反覆說上好幾遍，這一點他十分清楚。加賀不時插話發問，對於一些細節非常注意，例如當時園子的語氣如何、說到什麼地方才哭了出來等等。康正聽到這些問題時，得先迅速推測對方的意圖，才敢小心回答，以免事後成爲致命傷。總之，就是從頭到尾含糊以對。

「這樣聽起來，令妹的煩惱感覺上相當空泛。關於這點，您怎麼想呢？」

加賀把原來就很窄的眉頭湊得更近，雙手交抱在胸前問。他對康正的回答肯定感到十分焦躁。

「我不知道。您說空泛，也許是如此，但如果換個說法，就是她在東京水土不服，受不了孤獨的煎熬，這應該也算是個具體的自殺動機吧。」

「我明白您的意思，但令妹在東京已住了將近十年，若是敗給孤獨感，應該有什麼導火線才對。」加賀仍口齒清晰地繼續追問。看來，康正那種逃避的說法顯然對這個人不管用。

「我不知道。也許發生過什麼事，但我不知道。」康正以在這種情況下最有效的方式回答。

「沒有遺書，關於這件事您怎麼看？令妹不太擅長書寫嗎？」

「不，她算是寫東西寫得滿勤的，對她來說應該不算難。」康正說的是事實。一查就馬上知道的事最好不要說謊。「我想，大概是沒什麼明確的自殺動機，使得她難以寫成文章吧。或者是她沒有想到。」

加賀默默點頭。看樣子，他對於這一點也不甚贊同，但沒有材料供他繼續追問。刑警瞄了一眼記事本，然後說：「還有一點想向您請教。」

「什麼事？」

「聽說您進入令妹的住處之後，發現遺體、報警，接著就待在屋裡沒有隨意走動，這一點沒有錯嗎？」

對於如此發問的加賀，康正警戒地回視他的眼神。加賀的語氣極爲公事化，但康正知道這種時候代表刑警在布下陷阱。康正必須在數秒內思考對方提出這個問題的意圖，決定如何回答。

「我想我並沒有到處亂碰……有什麼不對勁的地方嗎？」

「其實是因爲水槽裡有點濕。令妹過世的時間大概是星期五晚上，因此星期六、日兩天，應該沒有使用水槽。既然如此，最近的空氣這麼乾燥，水槽怎會還是濕的？我百思不解。」

「原來是這件事啊。」康正一面點頭，一面迅速編造藉口。他不可能說出曾在水槽洗裝了紙灰的小碟子和葡萄酒杯。

「抱歉，我用過水槽，我太不小心了。」

「您做了些什麼？」

「這個……」

「是什麼事呢？如果方便的話，可以告訴我嗎？」雖然帶著微笑，加賀卻一副準備記錄的姿勢。

康正嘆了一口氣，回答：「我在那裡洗臉。」

「洗臉？」

「是的，因爲不希望讓警察看到我一臉沒出息的樣子。也就是，那個……眼淚。」

「哦……」加賀似乎有些意外，或許是很難想像康正流淚的樣子。「原來是這樣啊。」

「應該一開始就說的，但我難以啓齒。若是造成調查上的困擾，我向您道歉。」

「哪裡，只要能夠解釋水槽爲什麼是濕的就行了。」

「我想我應該沒有碰過其他地方了。」

「是嗎？」加賀點點頭，闔上記事本。「謝謝您。可能還會有事要再向您請教，到時請多多幫忙。」

「辛苦了。」

康正伸手去拿帳單，但加賀搶先拿走了。他伸出右手示意要康正別客氣，起身走向櫃檯結帳。康正隨後行經刑警身旁，步出店家，禮貌性地在門口等候。

加賀一面收錢包一面走出來。康正向他道謝。

兩人進了電梯，康正搭到大樓的某個樓層。

「那麼，我先告辭了。」

「您辛苦了。」加賀如此道別，康正轉身離開，但加賀立刻又叫道：「啊！和泉先生。」

康正停下腳步，回頭問：「什麼事？」

加賀按住電梯門。

「山邊先生說，您是看到令妹身上的電線和定時器，才判斷是自殺，是嗎？」

「是啊。怎麼了？」

「那麼，您在剪門鍊的時候，又是怎麼想的呢？」

康正差點「啊」地失聲驚呼，也許已表現在臉上。

加賀的著眼點非常有道理。既然上了門鍊，表示屋裡有人，按了門鈴卻沒人回應，通常就會猜到可能出事了。而且依事發前園子言行的種種跡象，康正應該會立刻會聯想到自殺才對。

「當然，」康正說：「那時我就懷疑妹妹是不是自殺了，所以看到她的樣子，我心想她果然是自殺了。」

「哦……」加賀眨了眨眼，似乎不怎麼信服。不如說，或許他是在表示不接受這種說法。

「這樣我好像對山邊先生做了不正確的敘述。眞對不起，因爲我當時的心情太激動了。」

「是，我明白，這是人之常情。」加賀行了一禮。「沒事了，不好意思。」

「加賀先生，請問……」

「嗯？」

康正深吸了口氣之後，問：「是不是有什麼問題？」

「您指的是……？」

「我是說，舍妹的死是不是有什麼疑點？例如，可能不是自殺。」

一聽這話，加賀意外地睜大眼睛。

「您爲什麼會這麼想？」

「因爲我覺得您好像有許多懷疑。可能是我想太多了。」

康正的回答讓加賀的嘴角略顯笑意。

「如果我問了讓您不愉快的問題，眞是抱歉。對每件事情都提出懷疑正是我們的工作，我想和泉先生應該能諒解。」

「這我知道。」

「以現場的狀況來看，並沒有特別的疑點。照這樣下去，應該不得不認定是自殺。因爲現場正是推理小說中所謂的——」加賀突然停頓了下，凝視康正：「密室狀態。住處的鑰匙在令妹的包包裡，根據您的證詞，門鍊是扣上的，那麼，這就是一個完美的密室，就像推理小說所寫的，密室多半是無法破解的。」

此時回瞪這位刑警並非上策，康正只看了加賀一眼就垂下目光，然後再抬起頭。

「要是有任何疑點，可以盡快告訴我嗎？」康正說。

「好的，我當然會先與您聯絡。」

「麻煩您了。」

「告辭了。」加賀的手從電梯按鈕上移開，電梯門靜靜關上。望著關上的門，康正一一反芻與他交談的每一句話。有沒有出錯？有沒有矛盾之處？

應該沒有才對——康正這麼告訴自己，走向住房。

回到住房，康正再度拿出之前收進包包裡的塑膠袋，擺放在床上。

雖然原因不明，但加賀顯然對園子的死因有所懷疑。有些刑警具有獨特的直覺，加賀也許就是這樣。

然而康正心想，加賀是不可能找出眞相的，畢竟挖掘眞相所需的物證現下幾乎都在他的眼前。

不過加賀竟然注意到葡萄酒瓶，眞有一套——

康正很慶幸自己把軟木塞丟了，收起開瓶器。萬一就那樣放著，那位直覺敏銳的刑警一定不會放過。

康正也是因爲葡萄酒才對園子自殺一事起疑。具體地說，是還插著開瓶器的軟木塞。這種東西會那樣掉在地上，代表葡萄酒是新開的。那麼，就像加賀分析的，如果園子的酒量不好，一定會留下沒喝完的酒。然而，屋裡找到的卻是空瓶。

把剩下的酒倒掉這種事，就算是在臨死之際，依園子的個性也是不可能的。冰箱裡留有許多沒吃完的食物，沒道理只把酒處理掉。再說，放在寢室桌上的那個葡萄酒杯，裡面還有酒。這些酒又爲什麼不倒掉呢？

康正認爲，園子應該是和某人一同喝完了那瓶酒，這樣才合理。而且彷彿是要證明這一點，水槽內放著另一只酒杯。

園子在臨死前，與某人一起喝葡萄酒。這麼一來，園子是在這個人離開後才自殺的嗎？當然不無可能。

但康正確信事情不是這樣，園子肯定是被殺害。證據就在那間屋裡。

就是黏在菜刀上的那些塑膠碎屑。

削鉛筆時，若美工刀上塗了防鏽油，碎屑有時會黏在刀片上。這時碎屑一定會是在刀子朝上的這一面。以慣用手是右手的人來說，就是刀刃的右側。

那些塑膠碎屑也是黏在菜刀刀刃的右側，這就是奇怪之處。

因爲園子是左撇子。雖然她拿筷子和筆都是用右手，但這是經過父母矯正的緣故，除此之外，她都是用左手。拿網球拍是左手，傳接球也是左手。康正也不只一次看過她以左手靈巧地切高麗菜。

因此，若電線的塑膠外皮是園子削除的，碎屑應該會黏在刀刃的左側才對。

在明白死因是他殺的那一瞬間，康正就決心要親自查出凶手。世上有些事應該親手做，有些事則不然，而他認爲這件事絕對不能假他人之手。妹妹的幸福是康正最大的希望。希望被奪走，這份遺憾並不是凶手被捕就能彌補的。

查到之後要怎麼做？關於這一點，康正其實已有決定。但他認爲現階段還不是思考這件事的時候，有太多事應該先處理。

最重要的是——

不能被警方察覺。尤其是加賀刑警，絕對不能被他發現自己的目的。若刑警們對園子的自殺有任何懷疑，康正會傾全力掩飾一切。

第三章

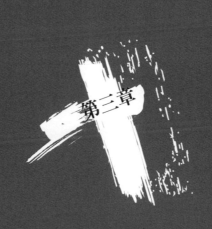

1

翌日，康正一大早就很忙。首先必須打電話給名古屋的殯葬業者，籌備守靈和葬禮的事宜。由於康正母親過世時也是委託這家葬儀社，談得相當順利，但畢竟過程牽涉到警方的調查工作，很多事情無法立刻決定，作業上難以避免會更爲繁瑣。

所幸早上練馬警署便來電通知，遺體解剖後已縫合完畢，傍晚便可運走。康正和葬儀社商量過後，決定今晚便將遺體送往名古屋，明天舉行守靈儀式。

接下來必須與各方聯絡。康正再次致電豐橋警署，告知葬禮的日期後，再來就得一家家打電話給親戚。雖然平常完全沒有往來，但又不能不聯絡。其實這才是令康正最痛苦的事，對方不可能不詢問死因，如何回覆尤爲棘手。

每個親戚一聽到是自殺，都異口同聲地指責和泉家，說不該讓園子獨自到東京生活。或許其中包含了對康正與園子平常不與親戚往來的不滿，當然也有親戚是因眞的難過而生氣。像園子小時候非常疼愛她的阿姨便在電話另一頭大哭，還說要立刻趕到東京，康正費了好大一番工夫才勸住她。

聯絡完親戚後，要打電話給園子的公司。其實一早康正已先通知公司園子的死訊。他在早報上看到園子死亡的報導，雖然篇幅很小，但他認爲應該要在對方來詢問前主動通知。打第二通電話是爲了通知葬禮的時間和地點。只不過，他懷疑會有多少人特地趕去名古屋上香，因爲常聽園子抱怨在公司裡沒有知心的朋友。

下午三點多，葬儀社人員到了，他們在飯店房裡開會。必須決定、準備的事非常多。如果家裡不是只有兄妹兩人，或者是在名古屋的話，或許康正會感到從容些，不幸的是康正沒有別的家人，而最後一個家人又死在他完全陌生的土地上。

與葬儀社人員開會開到一半，電話響了。是加賀打來的。

「請問您今天會再到令妹住的公寓嗎？」他問。

「不會了。我準備領了遺體就直接回名古屋，還要準備葬禮。」康正說。「有什麼事嗎？」

「沒有，只是想說若您要去令妹住的公寓，希望能讓我也進去看一看。」

「看什麼？房間嗎？」

是的——加賀回答。

康正遮住話筒，回頭看看背後。戴眼鏡的葬儀社負責人正忙著填寫文件。

「又有什麼問題嗎？」康正小聲問。

「沒有，不是什麼大事，只是想確認一下，不是今天也沒關係。請問您下次什麼時候會過來？」

「現在還不知道，因爲有很多事得處理。」

「我想也是。那麼，等您來這邊的時候，能不能給我一通電話？絕對不會給您添麻煩的。」

「我知道了。直接打電話找加賀先生就可以了吧？」

「是的，麻煩您了。」

康正說聲「那到時候再聯絡」後掛斷電話，心裡總覺得不舒坦。加賀要去那裡確認什麼？他都把凶手的痕跡收拾得一乾二淨了，加賀究竟爲何還對園子的自殺有所存疑？

「那麼，我們就依這個預算來進行好嗎？」

葬禮社業者的話讓康正回過神來。

去領遺體之前，康正決定打電話給弓場佳世子。這時他準備辦理退房，行李也收拾好了。

園子會以「背叛」來形容的人，高中好友也是有可能的，但弓場佳世子肯定是最瞭解園子近況的人，還是有必要及早聯繫。

況且考慮到要辦葬禮，弓場佳世子的人脈實在重要。如果不聯絡她，園子的葬禮恐怕會沒半個朋友來，那就太冷清了。

康正聽著電話鈴聲，看向牆上的鐘。六點剛過，希望她已回到家。

第四聲響了一半，電話接通。一名年輕女性「喂」了一聲。嗓音有些沙啞，有些慵懶。

「喂，請問是弓場佳世子小姐嗎？」

「我是。」感覺得出她有所提防。大概因爲是陌生男子的來電吧。

康正調整一下呼吸，接著說：

「敝姓和泉，是和泉園子的哥哥。」

沉默兩秒後，對方應了一聲「哦」。還不用過度追究這個反應，突然接到朋友的哥哥來電，大多數的人一定都會覺得奇怪。

「和泉小姐的……啊，是嗎？您好……」語氣聽起來像是不曉得如何回答。或許這也是很自然的反應。

「舍妹……過去似乎常承蒙關照，謝謝。」

康正用了過去式，讓這句話變得很怪，但弓場佳世子似乎沒有注意到，回應：「哪裡，我才是。」然後，她問道：「請問，和泉小姐怎麼了嗎？」

「嗯，其實是……」康正嚥了一口口水，「呃，妳還沒看報紙嗎？」

「報紙？」

「早報，今天的。」

「今天的早報？沒有，我沒有訂報。」

「是嗎？」

「請問發生什麼事了嗎？難道出了什麼會被新聞報導的事？」

其實——說完這兩個字，康正做了一個深呼吸。

「園子死了。」

「什麼！」

弓場佳世子驚訝得說不出話。不，是聽起來像是驚訝得說不出話。康正爲看不見對方的神情感到遺憾。

「死了……怎麼會！」對方似乎非常意外。「騙人的吧？」

「我也希望是騙人的。可是很遺憾，是眞的。」

「怎麼會……」她又說了一次。電話中傳來哭聲。「爲什麼？發生車禍嗎？」

「不是，目前研判應該是自殺。」

「自殺……爲什麼？發生了什麼事？」弓場佳世子的語氣中充滿驚訝和嘆息，卻不至於誇張。康正心想，如果這是演技，那她的演技眞是了不起。

「這方面警察正在調查。」

「眞教人不敢相信。她怎麼會……做這種事？」

吸鼻子的聲音傳進康正耳裡。

「弓場小姐，」康正喚道，「不知道能不能與妳見個面？園子的近況恐怕只有妳最瞭解，我想和妳談談，找出她自殺的原因。」

「當然可以，不過我可能也無法提供您太多資訊。」

「只要和園子有關的事都可以，因爲我對她可說是一無所知。那麼，之後我再與妳聯絡。」

「好的，我等您的聯絡。啊，請問葬禮會在哪裡舉行？」

「名古屋。」說完，康正把喪禮會場的地點與電話告訴她。

「我會設法出席的。」弓場佳世子說。

「如果妳能來，園子一定會很高興。」

「嗯，可是……」中斷的話語，由啜泣聲接替。「我眞不敢相信……」

「我也是。」康正說。

掛斷電話後，他吐出一口又粗又長的氣。

2

園子的守靈儀式與當年母親的一樣，都在葬儀社的會場舉行。那是一棟五層建築，靈堂占其中一整個樓層。傍晚六點，和泉家的遠親、鄰居，以及康正任職的豐橋警署的同事和上司都趕來了。

康正在鋪著榻榻米的小房間裡，與交通課的人一起喝啤酒守靈。

「在身邊完全沒有親友的狀態下單獨生活好幾年，搞不好眞的會精神衰弱。」本間股長擦掉嘴角的啤酒泡沫說道。這還是康正第一次有機會和交通課的人好好談園子的死。

「不過，連一個可以商量的對象都沒有嗎？」一個姓田坂的同事問。他和康正在警察學校是同期。

「可能眞的沒有吧。我妹妹就是不懂得怎麼和人相處，她比較喜歡一個人安靜看書。」

「這樣其實也沒什麼不好。」田坂難以承受似地搖搖頭。每次看到有年輕人死於車禍，他比誰都難過。

「那邊的管區是練馬警署嗎？」本間問。

「是的。」

「那邊是怎麼說的？會以自殺呈報嗎？」

「應該是的，怎麼了？」

「唔，也沒什麼。」本間重新盤過腿，摸摸黑領帶的結。「昨天差不多中午的時候，那邊有人打電話來問。」

「那邊，您是說……練馬警署的刑警嗎？」

本間「嗯」了一聲點點頭，喝起啤酒，其他人則沒有特別驚訝的神情，看來他們都知道了。

「問些什麼？」

「問你上週的値勤內容，尤其是星期五和星期六。」

「哦……」康正歪著頭，「爲什麼啊？」

「對方沒有明說。照規矩，我們這邊也不好多問。」

「那位刑警姓什麼？」

「加賀。」

「他對於沒有遺書這件事很在意。」

果然是他——康正點點頭，說：

「因爲這樣就懷疑不是自殺？」田坂大表不滿。

「好像是。」

哎哎哎——田坂嘆了口氣，撇下嘴角。

「那位刑警，光聽聲音感覺挺年輕的。」

「年紀應該和我差不多。」康正對本間說。「我總覺得在哪裡看過他，卻想不起來。可是我應該不會錯認。」

結果旁邊一個姓坂口的後進問：「加賀……叫什麼名字？」

「好像是恭一郎吧。」

後進把裝了啤酒的紙杯放在桌上，說道：「那麼，會不會是那個加賀恭一郎？全日本冠軍。」

「冠軍？什麼的冠軍？」田坂問。

「劍道。好幾年前了吧，他連拿兩年第一。」

康正「啊」了一聲，封印的記憶迅速甦醒。在劍道雜誌上看過的照片浮現腦海。

「沒錯，就是他，是那個加賀。」

「哦，那你遇到名人了。」對柔道遠較劍道拿手的本間，以不怎麼熱中的語氣說。

「劍道厲害，未必就是優秀的刑警啊。」田坂這麼說，可能是有點醉了吧，咬字怪怪的。

交通課的同事離開時，親戚也都走了，寬廣的樓層陷入一片寂靜。會場中擺著一排排鐵椅，面向祭壇。康正在最後一排坐下來，喝著罐裝啤酒。

練馬警署的加賀詢問康正週五、週六的值勤內容，教人無法不在意。再怎麼想，那都是在調查不在場證明。換句話說，加賀懷疑園子的死是他殺，而且考慮到親哥哥康正也可能是凶手。

爲什麼——？

康正尋思自己是否有什麼失誤。是他的某個失誤引起加賀的注意嗎？康正努力回想自己在園子住處做過的事，一一加以檢討，卻想不出有任何失誤。

於是，他認爲就算那位刑警找到什麼，也不會是關鍵線索。

就目前的狀況來看，康正認爲練馬警署以自殺結案是早晚的事，除非出現有力的證據，否則調查方針應該不會更改。如果要以他殺來偵辦，練馬警署勢必得向警視廳呈報，這麼一來，就要成立專案小組來進行大規模搜查。管區最怕的就是走到這個地步，最後還是得到自殺的結論，動員大批警力和支援，結果不是凶案，不僅署長丟臉，也會造成各方的困擾。而且練馬警署內部，已爲先前發生的粉領族命案成立專案小組。康正知道在這種情況下，管區會更加慎重。

沒問題，不要理加賀就好了。眞相由我來揭露——

康正喝了罐裝啤酒，視線轉向前方。祭桌上，相框裡的園子露出潔白牙齒笑著。

緊接著，傳來「叮」的一聲。

康正轉身回頭。聲音來自電梯，是停在這一樓的聲音。康正頗爲訝異，這時候還會有誰來？

電梯門開了，出現一名身穿黑大衣的年輕女子。短髮，臉很小。

她一看到康正，緩緩走了過來。腳步聲在寬敞的樓層中迴響。她筆直地望著康正。那雙眼裡的深奧、神祕，令人想起古董洋娃娃。一時之間，康正還以爲她是爲守靈舉行什麼儀式的女子。

「請問，」女子站定後，含蓄地問：「這裡辦的是和泉園子小姐的守靈儀式嗎？」

康正對這個聲音有印象。他站起來，回問：「是弓場小姐嗎？」

「啊，是和泉先生嗎？」她似乎也記得康正的聲音。

「我是。妳是特地趕來的？」

「是的。因爲我實在沒辦法呆坐在家裡。」弓場佳世子垂下目光。長長的睫毛反射了稀少的照明，閃閃發光。也許是刻意的，她的妝很淡。即使如此，肌膚還是像少女般細緻。

她從包包裡取出奠儀。奠儀袋十分簡樸，禮結是印出來的。

「請收下。」

「謝謝。」

康正接過後，帶她到設置在後方的接待處，請她簽名。她以右手握毛筆，寫下住址和姓名。她寫得一手漂亮的楷書。

「就您一個人嗎？」放下筆之後，弓場佳世子看看四周，問道。

「因爲我不喜歡吵鬧，就請大家回去了。」

「這樣啊。」她的視線移動到祭桌上，不免俗地說：「請問我可以上個香嗎？」

「當然可以。」

弓場佳世子走近祭桌，緩緩脫下大衣，放在旁邊的椅子上，然後站在園子遺照的正前方。康正從後面望著她。

上香後，她合掌默禱良久。佳世子的肩膀纖細，黑色連身短洋裝下露出的腿也很細。在日本女性中恐怕也算是嬌小的，但穿著跟高得嚇人的高跟鞋修飾了這個缺點。她的體形勻稱，若是身高夠，應該可以去當模特兒。

上完香後，她背對康正，打開手提包。康正知道她是拿手帕來擦拭眼角，於是沒出聲，等她轉過來。

佳世子終於轉身走回來，途中順手拿起剛才脫掉的外套。

「要不要喝點咖啡？」康正說，「不過只有自動販賣機的。」

她露出一絲笑意，回答：「好的，謝謝。」

「奶精和砂糖都要嗎？」

「不用了，黑咖啡就好。」

康正點點頭，來到大廳外面。自動販賣機就在廁所旁邊。他買了兩杯黑咖啡，同時擬定作戰計畫。他並不是特別懷疑弓場佳世子，但既然在調查命案，就不能有任何疏漏。即使她不是凶手，認識凶手的可能性也很高。要是不小心透露了他的意圖，只怕會輾轉傳到凶手耳裡。

康正拿著盛了咖啡的紙杯回到廳內，只見弓場佳世子就坐在他剛才的位置。他把右手的那一杯遞給她。她微微一笑，說了聲「謝謝」，接過咖啡。

康正在她旁邊坐下。

「老實說，我真的完全摸不著頭緒。」

「是啊。我也是。真沒想到園子竟然會這樣。」說著，她輕輕搖頭，把紙杯送到嘴邊。

「昨天在電話裡也稍微提過，我實在不知道她爲什麼要自殺。弓場小姐，妳聽說過什麼嗎？」

康正這麼問，佳世子抬起頭，不斷眨眼。長長的睫毛反光，閃爍不已。

「可是報紙上寫得好像她有動機。」

「妳看過報紙了？」

「嗯。昨天接到您的電話之後，我就到附近的咖啡店去看了。報紙上寫說，她曾對家人表示厭倦了都會的生活。」

那篇報導康正也看了，總不能在這時候招認那是他編造的。

「是那樣沒錯，但我想她不單單是厭倦都會的生活，一定發生了什麼事，讓她動了自殺的念頭。我很想知道是什麼事。」

她「哦」了一聲，點點頭。

「妳有沒有想到什麼？」康正問。

「我從昨天就一直想，可是沒有什麼特別的……或許是我疏忽了，沒注意到也不一定。」

「妳最後一次和我妹妹說話是什麼時候？」

「什麼時候啊……」她把頭一偏，回答：「大概是……兩週前吧。在電話裡聊了一下。」

「電話是誰打的？」

「記得是她打給我的。」

「妳們聊些什麼？」

「呃，聊了什麼啊……」

弓場佳世子伸出右手按住臉頰。她的指甲修長，亮麗有光澤。若塗上紅色指甲油，想必會散發出妖豔的魅力。

「不是什麼重要的事，大多是在聊最近買的衣服、準備怎麼過年之類的。」

「園子有沒有找妳商量過什麼事？」

「沒有。如果有的話，我一定會記得。」說完，弓場佳世子喝了一口黑咖啡，嘴唇離開紙杯後，留下淡淡的口紅顏色。

「妳常去園子那裡嗎？」

「以前常去玩，最近很少……只有今年夏天去過一次。」

「這樣啊。」

「對不起，什麼忙都幫不上。」

「哪裡。」康正也喝了咖啡。只有苦味，完全沒有風味可言。

他猶豫了一下，決定試著丟出一張手中的牌。

「有件事想請教妳。」

「什麼事？」

她看來有些緊張。

「園子有男朋友吧？」

這個問題讓弓場佳世子微微張開了嘴。那是出乎意料的表情，也許是沒想到會遇上這個問題，她的視線落在手中的紙杯上。

「有吧？」康正追問。

她抬起頭來，「您是指吉岡先生嗎？」

「吉岡先生……姓吉岡嗎？他是做什麼的？」

「他以前跟園子……跟和泉小姐在同一棟大樓工作過。」

「是公司同事？」

「不，只是同一棟大樓而已，公司不同。我記得是建設公司的人。」

她的說法讓康正感到有些奇怪，因爲她使用了過去式。

「園子曾和他交往？」

「嗯。不過，」她說：「他們三年前就分手了。」

「三年前？」

「對。聽園子說，吉岡先生必須繼承家業，所以要回九州福岡的故鄉。他好像希望園子和他一起回去，可是園子拒絕了。」

「所以他們分手了……」

「是的。」

「妳知道這位吉岡先生的全名嗎？」

「我記得是叫吉岡治。」

「吉岡治……」

康正回想貼在園子冰箱上的那張紙條，上面寫有電話號碼。「佳世子」是弓場佳世子，那麼「J」應該就是男友了。但吉岡治（Yosioka Osamu）再怎麼解釋，也不會變成「J」。

「園子最近應該有男朋友，妳有沒有聽說？」

「這個……我就不知道了。如果有這樣的對象，她一定會馬上告訴我。」

「是嗎？」

康正仍不願放棄自己的直覺。他確信園子有特定交往的對象。那麼，爲什麼她會連提都沒向好友提過？

弓場佳世子看了看手表。康正的視線也落在自己的手表上。這種時間還留住年輕女子實在不恰當。確認她的紙杯空了後，康正站起身。

「抱歉，耽誤妳這麼久的時間。今晚妳住哪裡？」

「住家裡。我明天就得趕回東京，所以葬禮方面……」

「我明白。妳今天能來，園子一定很高興。」

「但願如此。」

弓場佳世子把紙杯放在椅子上，準備穿上大衣。康正從後面幫忙。這時，他在大衣的衣領上看見一根頭髮。他若無其事地以指尖拈起。

兩人來到電梯前。康正按了按鈕，門隨即開啓。

「那麼，我告辭了。」弓場佳世子說。

「我送妳下去。」

「不了，別讓園子落單。」

佳世子獨自走進電梯。

康正行了一禮。電梯門關上前，她露出微笑。

康正從口袋裡拿出面紙，將剛才從佳世子身上取得的頭髮小心包好。

葬禮的規模不算小，不至於讓園子蒙羞，氣氛也相當莊嚴。昨天守靈沒有出現的國高中同學，來了不少。事後康正問起，大家都說是接到弓場佳世子的聯絡電話。

所有儀式結束，康正回到家時，已是晚上七點多。他把骨灰和遺照放在佛龕上，再次上香，然後仔細檢查葬禮的出席名冊，卻無法判別誰才是那名和園子有特殊關係的男子。

他來到起居室，在沙發上坐下，從放在旁邊的包包裡取出一個紙盒，裡面有從園子住處採集到的毛髮。康正把這些毛髮依長度和表面特徵分成三種。爲了方便，以ＡＢＣ做記號。依長度來看，Ａ應該是園子的。剩下的Ｂ與Ｃ，其中之一應該是凶手的，兩種都是短髮。

康正從上衣口袋取出一張折得很整齊的面紙，昨晚用來包裹佳世子的頭髮。

他以攜帶式顯微鏡觀察那根頭髮。即使沒經過化學分析，依顏色與表面的狀態，也能做到相當程度的區分。

結果立刻出爐。他可以肯定弓場佳世子的頭髮與Ｂ相同。

只有今年夏天去過園子那裡一次——康正想起她是這麼說的。

3

葬禮翌日，康正搭新幹線列車到東京。往後他打算盡量不開車。一方面是上次遇到嚴重塞車吃足苦頭，但最主要是他認爲瞭解地理也很重要。

康正搭的是「光速號」，坐在一號車箱。他一面吃三明治，一面攤開東京都地圖擬定今後的計畫。喪假請到後天。希望包括今天在內的三天之中，能盡量掌握到最多的線索。時間一分一秒都不能浪費。

中午過後，他抵達了東京，在換乘山手線和西武線電車後來到園子住的公寓。這條路幾天前停了好幾輛警車，今天已化爲商用車與卡車的路面停車場。他冷眼看著這幕景象，走進公寓。

前幾天他向仲介業者要到了公寓入口信箱的密碼，現在可以立刻打開。但裡面只有幾封廣告信。報紙的訂購費用已結清。

園子的房租付到下個月，剛好是新的一年的一月。接下來要怎麼處理，康正今天要和仲介公司談。離合約到期還剩三個月。

開鎖進屋，屋裡殘留著淡淡的香味。大概是化妝品和香水的味道吧。康正心想，這就是園子的餘韻吧。

屋內保持著遺體發現當天警察離去時的狀態。換句話說，除了刑警碰過的地方外，還保留著行凶時的模樣。

康正把包包放在地板上，從裡面取出相本。相本中的照片都是那天報警前他在公寓裡拍的。

他站在餐廳中央，試著在腦海中重整星期五晚上發生的事。要查出誰是殺害園子的凶手，必須先查出行凶手法。

園子打電話給我的時候是晚上十點——康正開始推理。

掛斷電話是十點半左右。康正推測，凶手應該是在那之後出現。凶手不是潛進來，而是大大方方敲門來訪。

那通電話中，園子並沒有說當晚會有人來訪，所以對方應該是突然上門的吧。在那個時間造訪，此人與園子的關係顯然極其親密。弓場佳世子或園子的男友，都符合這個條件。

而且此人還帶來葡萄酒作爲禮物。

也可以說，因爲很熟，對方知道園子的嗜好。對方可能是這麼對她說的：

「我來是想向妳道歉。一邊喝酒，一邊聽我說，好不好？」

或者是搬出這樣的台詞：

「背叛了妳，我眞的很後悔。希望妳能原諒我。」

園子肯定不會把此人趕走。善良的園子即使內心仍有疙瘩，一旦對方說出懺悔的話，她還是會接受，並且讓對方進屋。

此人要園子準備酒杯，倒了葡萄酒。開酒的不知是園子還是凶手，不論是誰，這人在拔掉軟木塞後，將開瓶器直接留在軟木塞上。

眞想來點下酒菜——凶手用這句話把園子支開，或是請園子拿餐具盛裝自己帶來的下酒菜。園子恐怕會毫不懷疑地起身。園子就是這樣，無論與人發生多麼嚴重的摩擦，都相信對方不可能對自己萌生殺意。這一點康正十分瞭解。

凶手趁這個空檔在園子的酒杯裡下了安眠藥。園子不疑有他，在凶手對面坐下。

然後——康正想像——對方若無其事地說著「乾杯」，舉起酒杯，園子出聲應和，喝下透明的金黃色液體。

對方想必會使出渾身解數，繼續演戲。他或她的目的，是不斷向園子灌酒。爲此，大概什麼誓言都說得出口。

但這場戲並沒有演太久。藥物很快見效，園子進入睡眠的世界。她閉上眼睛，躺下來。凶手等的就是這一刻。

想到這裡，康正拿出記事本，推估從凶手進門到園子睡著的時間。雖然要看安眠藥的藥效，不過還有一些步驟要執行，三十分鐘應該不夠。最少要四十分鐘——康正在記事本裡寫下。

他站起來，走進寢室，然後在桌子旁蹲下。他低頭看地毯，想像園子倒在那裡的模樣。

她身上穿著家居服嗎？

死後被發現時，園子身穿睡衣。那是凶手替她換上的，還是凶手現身前，園子就換上了呢？

康正瞄到床邊的籐籃。看起來和他發現遺體時的狀態是一樣的，水藍色開襟羊毛衫隨意放在籃裡。

他走出寢室，來到浴室。拿起浴缸蓋，只見還有半缸的水。浴缸水好像混了入浴劑，呈現淺藍色。水面浮著幾根頭髮。毛巾架上掛著藍色毛巾，裝在牆上的吸盤掛勾上則掛著浴帽。

康正回到寢室。他得到一個結論。從浴缸裡加了入浴劑、水裡有頭髮等跡象看來，園子應該洗過澡。這麼一來，園子當時已換上睡衣的可能性很高。開襟衫可能是套在睡衣外面。

這樣凶手的工作就輕鬆了，只要脫掉開襟衫，再讓園子躺在床上即可。

不，是在殺了她後才搬上床嗎——？

康正推估園子的體重。她個子絕對不算嬌小，身高至少有一百六十五公分。不過她應該偏瘦，還不到中等身材。最近雖然很少碰面，但既沒聽說她突然變胖，就遺體看來，和之前的印象也沒有太大的出入。他認爲園子大約五十公斤。若凶手是男人，輕而易舉便可將睡著的園子搬上床。那麼，如果凶手是沒什麼力氣的女人呢？

如果用拖的，或許搬得上去。但如此一來可能會吵醒園子。所以，若凶手是女人，先殺害園子再搬到床上比較合理。

無論如何，凶手接下來應該會將現場布置成自殺——

就像康正告訴加賀的，園子習慣將電毯接上那台舊定時器再睡覺。凶手肯定知道這一點，才會想到藉由那種方法來布置成自殺吧。因爲那位同學的死，園子說過如果要自殺最好是觸電而死，凶手一定早就知道了。

凶手把插在定時器上的電毯插頭拔掉了。加賀曾說，案發當時就是用這條電毯的電線來接電流。

康正推測，爲了剪斷電毯的電線，凶手應該會找尋剪刀。於是他環顧四周。視線可及的範圍內，沒看到剪刀。這與他料想的一樣。

凶手找不到剪刀，便把毯子的電線部分整個取出來，不過，這樣電線上還是附有溫度調節器，無奈之下，凶手只好直接帶到廚房的水槽，用菜刀把溫度調節器從電線上切下來。

電線是由兩條導線組成。凶手先將這兩條導線撕開，再用菜刀以削鉛筆的方式，分別把兩條導線線頭的塑膠外皮削掉兩公分左右，讓導線露出來。當時的塑膠屑就留在流理台上。

康正實際來到廚房，親自重現凶手的行動。他估算，如果不是非常笨拙的人，應該不到十分鐘就能完成。

他回到寢室，再次環顧四周。他的視線轉移到書架中間那層，上頭放著封箱膠帶和透明膠帶。

凶手用其中一種膠帶，將分岔的電線一端黏在園子胸前，另一端貼在背後，然後將插頭插入定時器。

問題來了。凶手是事先設好時間，讓定時器在自己離開後開啓電流嗎？

康正認爲不可能。這麼做沒有意義。萬一定時器還沒啓動，園子就突然醒了，或是有什麼巧合使得電源機關沒有生效，對凶手而言都是要命的失誤。如果不是笨到極點，凶手應該會當場開啓電流，把園子電死才對。

康正竭盡所能地想像眞實的情景。定時器的指針在凶手操作下有力地轉動。當那根指針走到某個地方，發出喀啷一聲，電源開關打開了。園子霎時全身抽搐，也許有那麼一瞬間眼睛是張開的，瞪著天花板。原本規律且持續的呼吸停止，她半張著嘴，全身僵硬。

然後她化爲無生命的人偶——康正在想像中重演了園子的死亡，彷彿她又死了一次。悲傷與憎恨再次包圍他。他不由得臉部僵硬，表情歪曲。他的身體熾烈燃燒著，內心卻結了冰。

雙手用力握緊，緊得指甲都陷入掌心。兩個拳頭不停顫抖。當顫抖停止後，他深呼吸好幾次，鬆開拳頭。手心多處發紅。

園子的面孔驟然浮現眼前，但那是很久以前的她，是高中時期的她。園子站在家門前，仰望著西裝筆挺的康正，這麼說：

「以後就不能常見面了。」

那天是康正前往春日井的日子，他就讀位在那裡的警察學校。在校期間就不用說了，畢業後也必須暫時住宿舍。

康正並沒有把妹妹這句話放在心上。不能常見面是事實，但又不是完全見不到。再說，當時他滿腦子都是對於將來未知的不安，見不到妹妹其實無所謂。

然而，雙親過世後，康正意識到自己只剩下一個家人，當時他暗暗發誓，無論如何都要讓園子幸福。他認爲不這麼做，身爲和泉家的長男、園子唯一的哥哥，便沒有任何意義。

經常有人來和康正提相親的事，他都不爲所動。因爲一旦有了家庭，他很可能會爲了照顧自己的家庭而忙不過來，那就無法顧及園子了。

而且——

康正想起園子背上那個星形的疤痕。那是康正把熱水潑在她背上所留下的，當然，他是不小心的。當時園子還是個小學生，睡覺時沒穿什麼衣服，康正想移動裝了滾水的茶壺，不知爲何稍微顫了一下，倒了一些出來。她的慘叫、哭聲至今仍盤踞在他的耳際。

「要不是因爲這個，我就能穿比基尼泳裝了。」

到了青春年華，每當夏日將近，園子都會如此抱怨。

「沒有人想看妳穿比基尼泳裝啦！」

康正都是這麼頂回去的，但心中總是充滿歉疚。那個星形傷疤恐怕在園子心中植入了自卑的種子，所以他要補償妹妹，直到園子找到能讓她忘卻傷疤的男子出現爲止。

然而，他永遠補償不了。

康正搓搓臉。他自己也感到不可思議，園子死後，他沒有流過一滴眼淚。因爲腦中掌控淚水的開關已陷入麻痺狀態。看看搓過臉的手，掌心因油脂而泛著油光。

他決定再次試著推理。從凶手殺害園子之後開始。

假如凶手是女的，在這之後應該要把屍體移到床上，鋪好棉被，讓園子看起來像是自己躺上床的。

安眠藥也必須弄得像是園子自己吞服的，於是凶手把空藥包放在桌上，又把半杯葡萄酒擺在旁邊。酒中可能會驗出安眠藥，但警方應該會認爲是園子自己加的，所以不必在意。重點是凶手用過的酒杯。如果留在桌上，等於是告訴警方有人和園子一起喝酒。因此，凶手在水槽清洗自己用過的杯子——

想到這裡，康正感到不解。爲什麼只有沖洗而已？爲什麼不擦乾收進櫥櫃？如果要湮滅證據，不把杯子收好不就沒意義了嗎？很難想像是凶手不小心忘了。

還有，葡萄酒瓶也是。

他不相信凶手與園子能喝完整瓶酒。凶手殺害園子時，酒瓶裡應該仍有葡萄酒。凶手爲什麼要將酒倒掉？

有一種可能性是，安眠藥不是凶手在倒酒的過程中加進園子的酒杯，而是一開始就在葡萄酒中。那麼，爲了湮滅證據，凶手就必須把酒瓶裡的酒倒掉。

但凶手會採取這種作法嗎？康正思忖。只要看瓶子是否開封就一目瞭然。園子對葡萄酒相當瞭解，在開瓶之前一定會仔細看酒標等等。而且如果把安眠藥加在酒瓶裡，藥的濃度會變淡，需要增加劑量。另外，有一點很重要，就是把藥加入酒瓶裡，凶手自己也得喝那些酒。

再怎麼想，事先把藥加進葡萄酒的作法都不合理。可是排除這個假設，又想不出將酒倒掉的理由。

康正在記事本裡寫下「葡萄酒、葡萄酒瓶」，在旁邊畫了一個問號。

總之，兇手倒光酒瓶裡的酒，將空瓶丟進垃圾桶，就離開公寓了。但大門不能不鎖啊，偏偏不能用園子的鑰匙。屍體被發現後，如果找不到公寓住處的鑰匙，肯定會引起懷疑。於是兇手用了備份鑰匙。先離開，再以備份鑰匙鎖門。

康正翻找自己的包包，取出一把鑰匙。就是丟在信箱裡的鑰匙。這應該就是兇手用過的。

想到這裡，康正產生了第二個疑問。兇手是怎麼拿到這把備份鑰匙的？還有，爲什麼要丟回信箱？

備份鑰匙的部分不難解釋。可能是園子自行打了鑰匙放在某處，被兇手找到。若兇手是男友，園子本來就給了他一把備份鑰匙，更不成問題。

康正不解的是，兇手把鑰匙放進信箱裡。這麼做，難道兇手沒想到警方會起疑嗎？兇手有這麼做的必要嗎？

康正在記事本上寫下「備份鑰匙？」，再畫上兩條重點線。照這樣下去，必須加問號的事情會愈來愈多。事實上，現成的疑點攤在眼前，在小碟子裡被燒成灰的紙原本是什麼？他認爲這和園子的死必定有關。

不明白的事還有很多，不過——

我一定會解開——他低聲向浮現腦海的妹妹身影如此發誓。

這時，電話響了。

不該響的東西響了，康正有如痙攣發作般彈起。電話確實尚未解約，但他一心以爲不會有人打來。仔細想想，又不是全世界的人都知道園子死了。

無線電話的母機釘在餐廳的牆上。他伸手去拿話筒，瞬間思索出幾種可能。其中必須特別小心的狀況是——這通電話是園子的男友打來的。對方也許不知道園子已死，才會打來。那就表示他不是凶手，但必須確認他是眞的不知道才行。該怎麼確認？

若對方表現出不知情的態度，康正就表明自己是園子的哥哥；若表示知情，康正就自稱是刑警——做好決定後，他拿起話筒。

「喂。」

「您果然在那裡。」話筒裡傳來的，是康正完全沒料到的聲音。「我是練馬警署的加賀，您好。」

「哦……」康正一時不知如何回答。他不明白加賀怎會知道自己在這裡。

「我和豐橋警署聯絡，他們說您這週請假，打電話到府上也沒人接，我就猜想您恐怕是到這邊來了。果然被我猜中了。」

那充滿自信的語氣讓康正略感不悅。

「請問有什麼急事嗎？」康正刻意把重音放在「急」字上，想表達諷刺之意。

「有幾件事想再請教，也有東西要還給您。既然您來到這裡了，能否見個面？」

「如果是這樣，可以見個面。」

「是嗎？那我就去打擾，方便嗎？」

「您現在要過來？」

「是的。不方便嗎？」

「不會，沒什麼不方便的。」

康正不是很樂意讓這位刑警再次進公寓查看，卻想不出拒絕的理由。況且，他也對加賀手中握有什麼線索感到好奇。

「好的。那麼，我等您過來。」康正只好這麼說。

「不好意思。我大概再二十分鐘就會到。」說完，加賀便掛斷電話。

二十分鐘——沒時間耗了。康正匆匆將重要物證收進包包。

4

二十分鐘後，加賀準時出現。黑色西裝外面套了一件深藍羊毛大衣。他的第一句話是：天氣變冷了呢。

康正與他隔著餐桌面對面。因爲找到咖啡機、咖啡粉和濾紙等器具，康正決定來煮咖啡。按下開關不到一分鐘，熱水開始滴落在咖啡粉中，整個屋子洋溢著咖啡香。

「這是前幾天暫時保管的東西。」加賀先開口，歸還了園子的記事本和存摺等物品。康正一一確認無誤後，在加賀出示的文件上簽名蓋章。

「後來有什麼發現嗎？」加賀一面收起文件，一面問。

「什麼發現？」

「關於令妹的死。什麼事情都可以。」

「哦……」康正刻意吐出一口氣。「辦了葬禮，但東京來弔唁的人少得令人吃驚。公司只來了個沒氣質的股長。我眞不敢相信。她待在那裡都快十年了，竟然一個朋友都沒來，可見園子過得有多孤單。」

對此，加賀輕輕點了一下頭。

「令妹在公司裡確實沒有多少熟人。」

「公司那邊您也查過了？」

「是的，就在發現令妹遺體的第二天。」

「這樣啊。不過，過一陣子我也得去打聲招呼。」康正還得處理一些繁鎖零碎的手續，葬禮時已和股長討論過。「那麼，公司的人是怎麼說的？我是指，關於舍妹自殺的事。」

「他們當然都很吃驚。」

康正點點頭。

「只不過有幾位同事提到，其實並非完全沒預兆。」

「怎麼說？」康正傾身向前。這句話引起了他的注意。

「他們說，在去世前幾天，和泉小姐的樣子就不太對勁。好比，叫她的名字也不回應，並且犯下平常不會犯的失誤，這類情形還不少。因爲不只一個人這麼說，應該不是誤會。」

「是嗎……？」康正緩緩搖頭。他不自覺地皺起眉，這次不是作戲。然後，他起身往事先備妥的兩個馬克杯倒入咖啡。

「她果然有很多煩惱，眞可憐。」康正把一個馬克杯拿到加賀的面前。「需要奶精和砂糖嗎？」

「謝謝，黑咖啡就可以了。」加賀說，「不過，如果像您所說，她是忍受不了生活在大都會的孤獨，我認爲平常應該就會有徵兆。爲什麼上週才突然發生變化，而且變化大到連同事都看得出來？」

「您的意思是……？」

「就算是自殺，而且動機如同您所說的那樣，我還是懷疑在自殺前幾天發生了什麼影響她的事。」

「也許眞的發生過什麼吧。」
「您有沒有這方面的線索?」
「沒有。我說過很多次了，星期五晚上那通電話之前，我們許久不曾聯絡。如果有線索，我早就告訴你們了。」明知不能對刑警不耐煩，但康正的聲音仍不自主地尖銳起來。
「是嗎?」加賀則一副沒有留意對方語氣的樣子，繼續說:「我也問過公司的人，並沒有得到相關的回答。」說完後，他的視線落在記事本上。「上週二令妹請假沒去上班，理由是身體不適。然後，隔天令妹的樣子就不太對勁。」
「哦?」康正是頭一次聽說，「您是指那天出事了?」
「那一天，或者是前一天晚上。這樣想比較合理，您認爲呢?」
「我不知道，也許吧。」
「爲求萬全，我針對那個星期二做了一些訪談，住在令妹住處隔兩戶的女子，目擊到她在中午時分外出。那名女子是美髮師，星期二公休，因此記得很清楚。」
「應該是去買東西吧?」
「也許是，但有件事挺奇怪。」
「什麼事?」
「令妹的服裝。牛仔褲加防風外套，這沒有問題，但據說她像是要遮住口鼻似地圍著圍巾，還戴著太陽眼鏡。」

「哦……」

「您不覺得奇怪嗎？」

「是有點奇怪。」

「我認爲，令妹這麼做可能是想遮住長相。」

「會不會是眼睛長了針眼或什麼的？」

「這我也想過，所以在鑑識科那邊看過遺體的照片了。」說著，加賀將手伸進西裝外套的內側口袋。「您要看一下嗎？」

「不了……結果怎麼樣？」

「沒有針眼也沒有青春痘，很乾淨清爽的一張臉。」

「那就好。」康正不禁這麼說。他的意思是，至少妹妹死的時候臉是乾淨漂亮的。

「這麼一來，」加賀說：「或許可以推測令妹是去一個她不太想露臉的地方。關於這點，您有沒有什麼線索？」

「沒有。」康正搖頭，「我無法想像園子會出入不正當的場所。」

「而且又是白天。」

「對。」

「那麼，關於這件事，也請您再想想看。要是想到什麼，務必與我聯絡。」

「您最好不要抱持太大的希望。」

康正喝一口咖啡，好像太濃了。

「接著，我想請教的是，」加賀再度打開記事本，「令妹對設計有興趣嗎？」

「設計？哪方面的設計？」

「什麼都可以。服裝設計、室內設計或海報設計都可以。」

「我不太明白您的意思。舍妹和設計有什麼關係嗎？」

這麼一問，加賀指指康正的手邊。

「剛才還給您的記事本後面，附有通訊錄。其中一組公司的電話，教人猜不透令妹與該公司的關聯。那家公司叫『計畫美術』。」

康正打開園子的記事本，「找到了。」

「一查之下，那是家設計事務所，承接各種設計委託。」

「哦……您向這家事務所詢問過了？」

「問過了，但事務所方面表示不知道和泉園子這個人。您不覺得很奇怪嗎？」

「的確很奇怪。事務所的人您都問過了嗎？」

「哦，雖說是事務所，實際上只有老闆兼設計師一人，與一個美術大學的工讀生而已。那個大學生今年夏天才開始在那裡打工。」

「那位老闆兼設計師叫什麼名字？」

「藤原功。您對這個名字有印象嗎？」

「沒有。」

「那麼，緒方博呢？這是打工的大學生。」

「沒聽過。舍妹提起女性朋友的時候，也不會具體地說出她們的名字，更何況是男人，從沒聽她提過。」

「或許女孩子都是這樣的。不過，還有一個名字也請您回想看看。佃潤一，這個名字有印象嗎？」

「佃潤一……」

康正直覺這個名字不太一樣，然後不到一秒就想起來了。

潤一（Junichi）——縮寫是「J」。

「這是什麼人？」他力持平靜地問，以免加賀起疑。

「今年三月前在這家事務所打工的人，四月起到出版社就職了。」

「您向這個人問過園子的事了嗎？」

「打電話問過，他也是說不知道。」

「這樣啊……」

這個人就是紙條上的「J」嗎？康正還無法判斷。如果是的話，他說不認識園子就很奇怪了。無論如何，有必要盡快確認。

「我明白了。這陣子我計畫把舍妹的東西全部整理好，我會檢查有沒有與那家設計事務所有關的東西。」

「麻煩您了。」加賀微微行了一禮，把筆收起來。「抱歉，耽誤您這麼久的時間。今天我就先告辭了。請問您今天接下來有什麼計畫嗎？」

「我和公寓的房東約好要碰面。」這是事實。短期內，康正打算繼續承租這裡。

「是嗎？您要忙的事情還眞不少。」刑警站起來。

「請問，這件事的調查會持續到什麼時候？」康正問。他沒有說「這件案子」，是藉此表達自己的觀點。

「我希望能夠盡快調查清楚。」

「那我就不懂了。聽山邊先生的意思，應該會以自殺順利了結，難道不是嗎？」

「最後的結果或許會是那樣，但仍有必要做出完整的報告。和泉先生，我想您應該能夠理解。」

「這我知道，只是不懂到底還缺什麼。」

「在這方面，我認爲調查是不嫌多的，雖然耽誤您的時間很過意不去。」加賀行了一禮。就連這種動作，由這位刑警做起來也像是另有含意。

「關於解剖的結果，您有什麼看法嗎？」康正換個方向問。他想知道這位刑警手上究竟有什麼牌。

「您是指？」

「有沒有什麼可疑之處。」

「沒有，沒什麼特別的。」

「那就是行政解剖嘍？」

進行政解剖時，若法醫感到有可疑之處，會與警方聯絡，轉爲司法解剖。此時，解剖過程中會有警官在場。

「是的。有什麼地方是您想進一步瞭解的嗎？」

「沒有特別想瞭解的……」

「根據法醫的報告，令妹的胃中幾乎沒有食物殘留。雖然不到絕食的程度，但看來並未好好進食。這是自殺者常見的特徵之一。」

「也就是沒有食慾……」

是的——說完，加賀點點頭。

爲了掩飾因悲傷而快垮下來的臉，康正伸手摸摸臉頰。他再度想起園子死前在通話中的聲音。

「血液中的酒精濃度呢？上次您似乎很在意舍妹喝了多少葡萄酒。」

「關於這一點，」加賀再次取出記事本，「雖然驗出酒精，但量並不多。如您所說，令妹飲用的似乎是剩下的酒。」

「安眠藥呢？」

「服用了。哦，還有，葡萄酒杯裡剩下的酒中，也驗出同樣的藥。」

「原來如此。」

「這倒是有些奇怪。」加賀闔起記事本，收進口袋。「一般自行服藥會這麼做嗎？通常是先把藥放進嘴裡，再以飲料吞服才對。」

「混在葡萄酒裡喝也不影響吧。」

「話是沒錯。」加賀似乎欲言又止。

「死因確定是觸電身亡？」康正提出下一個問題。

「是的。沒有其他外傷，內臟也沒有異常。」

「那麼，園子是依照她的希望，死的時候沒有感覺到痛苦。」

對於康正這句話，加賀沒有回應。他說「我該告辭了」，便穿起大衣。然後，他又說：「啊，對了，有件事想要確認一下。」

「什麼事？」

「您說過，定時器是您停掉的吧？」

「對。」

「您也說過，您並未碰觸電線和令妹的身體？」

「我想我應該沒碰。怎麼了嗎？」

「哦，這可能不是很重要，不過在調查遺體的時候，胸口的電線鬆掉了。正確地說，是固定電線的ＯＫ繃有些脫落，導線沒有貼好。」

「是因爲什麼緣故脫落了吧。」

「我也這麼想，但這是什麼時候發生的呢？令妹過世的瞬間，電線應該牢牢貼在胸前。過世之後，令妹不可能會動。這麼一來，就不可能會有『什麼緣故』。」

康正心中一凜。他眞的沒有碰觸電線和園子的身體。報警之前雖然做了不少事情，但在遺體方面，爲了避免招致懷疑，康正並未動過。也就是說，當時遺體已處於如此不自然的狀況。電線會鬆脫，想必是「凶手做了什麼」造成的。這麼一來，他必須消除加賀對這件事的懷疑。

「那麼，應該是我吧。」康正說。「大概是我無意中碰到，導致電線鬆脫。只可能是這樣了。」

「可是，您說您沒有碰。」

「老實說，如果問我是不是眞的完全沒碰到，我也沒有把握。我記得隔著毛毯搖過妹妹的身體。固定電線的膠帶可能是那時候鬆脫的吧。」

加賀揚起一邊眉毛。

「既然您這麼說，這件事就算是解決了。」

「解決了不是很好嗎？抱歉，我答話的方式不夠確實，造成你們的困擾了，但我當時實在方寸大亂。」

「哪裡，還不至於，請別放在心上。」加賀似乎真的要告辭了，只見他穿上鞋子。然而，他那銳利的目光停在鞋櫃上，「這是？」

刑警看著一疊廣告信，是剛才康正從信箱裡拿出來的。

「全是廣告信，沒有一般郵件。」

「哦，」加賀伸手拿起那疊紙，「可以借用一下嗎？」

「請便，不用還了。」

「那麼，我就收下了。」加賀將廣告信放進大衣的口袋。康正實在想不出那些東西有什麼價值。

「那麼，下次再見。」加賀說。

「隨時歡迎。」康正目送刑警離去。

關上門，準備上鎖的時候，康正突然覺得哪裡不太對勁。問題就在加賀剛才說過的話裡。

他原本想叫住刑警細問，但如果這麼做，對方一定又會像食人魚般緊咬著不放。

OK繃——

加賀說，電線是用OK繃貼在園子身上。而發現屍體的時候，電線已鬆脫。

康正進了寢室，環視四周。稍微提高視線後，才發現他要找的東西。書架上有一個木製的急救箱。他雙手拿下來，在床上打開。

裡面整整齊齊地放著感冒藥、腸胃藥、眼藥水、繃帶、溫度計等。其中也有ＯＫ繃，寬約一公分。看起來已用掉一半。

凶手用的是這個——

刑警不可能沒注意到，所以應該已採過指紋，卻沒有提及這一點，可見上面只找到園子的指紋。

康正關上急救箱，放回原位。

看看時間，快三點了。他得先去和房東會面，盡快談定續租公寓的事宜。他不能放棄這個重要的命案現場。

晚上，康正決定撥打「Ｊ」的電話。

他已做好準備，視接電話的對象，做出不同的應對。考慮到對方可能涉案，他不能輕易報出本名。

康正舔了舔嘴唇，做了一個深呼吸，才按下號碼。

電話響了三聲，有人接起。

「喂。」對方只應了一聲，是男人的聲音。但他沒有報上姓氏，康正的期待落空。

「喂。」

「喂？」

看樣子，對方仍舊沒有自報姓氏的意思。也許這是在大都會生活的常識。康正決定賭一把。

「請問……是佃先生嗎？」

對方沒有立刻回答。康正心想：糟糕，弄錯了嗎？

但兩、三秒鐘後，對方答道：「我是。」

康正空著的一手不由得緊緊握拳。猜中了，但接下來才是重頭戲。

「是佃潤一先生沒錯吧？」

「是的。請問……您是哪位？」對方訝異地問。

「這邊是警視廳搜查一課，敝姓相馬。」康正故意說得很快，以免語氣不自然。

「請問有什麼事？」聽得出對方的聲音變了，變得有所警戒。

「是這樣的，有件案子想找您談談。不知道您明天有沒有空？」

「什麼案子？」

「詳情到時候再告訴您。方便見個面嗎？」

「嗯，是可以……」

「明天是星期六，您要上班嗎？」

「不用，我在家。」

「那麼，中午一點，我到府上拜訪方便嗎？」

胸口作痛。

「嗯，可以。」

「可以嗎？那麼，麻煩您告訴我住址。」

問到住址後，康正說聲「明天見」便掛了電話。光是這幾句對談，就令他心跳加速到胸口作痛。

5

翌日中午過後，康正走出園子住的公寓。風很強，吹得大衣衣襬啪嗒啪嗒作響。只覺得臉頰好冷，耳朵好痛，然而腋下卻冒著汗。

佃潤一會怎麼說——

「J」果然就是他，而且他還曾向加賀表示不認識園子。園子和他分明很熟，甚至把他的電話號碼貼在冰箱上，他卻說不認識，這怎麼想都有問題。儘管無法立即斷定他與園子的死是否有關，但實在很可疑。

康正拿著攜帶式的東京都地圖，先搭電車再轉車，抵達中目黑區。由於時間充裕，途中他在蕎麥麵店吃了天婦羅蕎麥麵。

向佃問來的住址，是一棟裝有自動鎖的九層高級公寓。外牆是沉靜的深棕色，與四周的高雅住宅並立顯得十分協調。今年才剛踏入社會的年輕人，爲什麼住得起這種公寓？——康正有些嫉妒。

從正面玄關進入，首先是一道玻璃門，旁邊設有對講機可與各層住戶聯繫。康正檢視一排排的信箱，七〇五號室掛著寫有「佃潤一」的名牌。

他操作數字盤，呼叫七〇五號室。玻璃門後是寬敞的門廳。管理員室與電梯相望，穿著制服的管理員看起來規規矩矩的。

「喂。」擴音器中傳來一聲。

「我是警視廳的相馬。」康正朝著麥克風說。

接著，伴隨喀啷一聲，門鎖打開了。

在七〇五號室等候康正的，是名高瘦的青年，臉也很小。他今天是穿毛衣配牛仔褲，但若換上進口西裝，肯定像個時裝模特兒。康正聯想到「美形男」一詞，接著又想：與園子眞是不配。

「不好意思，假日前來打擾。敝姓相馬。」康正取出名片。佃潤一以緊張的神情接過，盯著名片。

這張名片眞的屬於警視廳搜查一課的相馬刑警。很久以前，一個在東京犯下殺人命案的男子在愛知縣出了車禍，當時來押解凶手的就是相馬刑警。康正不知道如今他是否仍在警視廳搜查一課。

警察手冊他也帶了，就放在上衣口袋裡。那是他昨天早上繞到警署去拿的。交通課等其他警官與刑警不同，一般禁止將警察手冊帶回家，但也沒有嚴謹到在警署出入口檢查的程度。

然而，康正希望最好不用出示警察手冊。只是看看封面還好，一打開身分就會敗露。

潤一並沒有起疑。他說聲「請進」，讓康正入內。

那是六、七坪左右的套房。面南的大窗戶灑進了充足的陽光。床、書架、電腦桌沿牆擺放。窗邊有一座畫架，上面是一幅小小的畫，畫的似乎是蝴蝶蘭。

在潤一的招呼下，康正在地毯上盤腿而坐。

「這房子眞不錯。房租很貴吧？」

「還好。」

「您從什麼時候開始住在這裡的？」

「今年四月。請問，您今天來訪是爲了什麼事？」潤一似乎無心和一個素不相識的人閒聊。

於是，康正進入正題。

「首先，想請教您與和泉園子小姐的關係。」

「和泉小姐……是嗎？」潤一的目光有所動搖。

「練馬警署應該也向您問過話吧，要確認您是否認識和泉園子小姐。據說您回答不認識，其實您認識吧？」康正露出微笑。

「您爲什麼會這麼想？」潤一問。

「因爲和泉小姐屋裡，留有您的電話號碼，所以我昨晚才能夠與您聯絡。」

「原來如此。」潤一站起來，走向廚房。看來是準備要泡茶。

「您爲什麼對練馬警署的刑警說不認識她？」康正說著，望向旁邊的垃圾桶。裡面有一團紙，沾滿頭髮和灰塵。那大概是清掃地毯用的黏塵紙吧，看樣子是因爲有人要來，連忙打掃了屋子。

「因爲我不想招惹麻煩。」潤一背對著康正說：「而且我和她早就分手了。」

「分手？這麼說，你們曾是男女朋友？」康正伸手到垃圾桶裡，拿起那一團黏塵紙，迅速塞進長褲口袋。

「我的確和她交往過。」

潤一用托盤端著盛有日本茶的茶杯走了回來，然後把其中一杯放在康正面前。茶很香。

「什麼時候分手的？」

「今年夏天……不，還要更早一點吧。」潤一啜了幾口茶。

「爲什麼分手？」

「爲什麼啊，我開始上班後變得很忙，沒時間見面……應該算是自然而然淡掉的吧。」

「後來就沒有再見面了？」
「嗯。」
「原來如此。」康正取出記事本，但並不打算寫什麼。「您剛才說不想招惹麻煩，是什麼意思？」
「什麼意思啊，就是……」潤一抬眼看康正，「她不是死了嗎？」
「您知道了？」
「我在報紙上看到的，寫著她是自殺。所以我就想，如果說以前交往過，一定會被問東問西。」
「因爲嫌麻煩，您說了謊？」
「呃，是的。」
「您的心情我明白。刑警就是種纏人的生物。」康正說聲「不好意思」，又喝了口茶。那是很好喝的焙茶。「其實，自殺的動機並不明確。佃先生有什麼頭緒嗎？」
「完全沒有。我們分手將近半年了。再說，報紙上寫了動機啊。」
「疲於大都會的生活是嗎？但那太不具體了。」
「可是我倒覺得，自殺的動機差不多都是那樣。」
「如果自殺是毋庸置疑的事實，我們也不得不承認。可是，這次情況不同。」
這句話令佃潤一睜大了眼睛。康正看得出他的臉頰微微抽搐。

「您是說，她不是自殺？」

「現在還無法斷定，但我認爲不是。換句話說，那是布置成自殺的命案。」

「有什麼根據嗎？」

「如果是自殺的話，有好幾個地方相當可疑。」

「哪些地方？」

「很抱歉，這是調查上的機密。而且您又從事出版方面的工作。」

康正刻意微微聳肩，回應潤一的提問。

「我會嚴守職業道德。更何況，您要是不肯告訴我，我就無法協助辦案。」

「您眞是爲難我啊。」康正故作考慮，然後才說：「好吧。我只能奉告一點，請您務必保密。」

「嗯，我知道。」

「您知道園子小姐最後喝了葡萄酒嗎？」

「報導中有提到。葡萄酒是和安眠藥一起喝下的吧？」

「是這樣沒錯，但有一件奇怪的事沒有公開。那就是，現場有另一個葡萄酒杯。」

「咦……」潤一的視線在半空中游移。他的表情意味著什麼，康正無法解讀。

「您好像不怎麼驚訝。」康正說：「您不覺得奇怪嗎？有兩個酒杯，代表有人和園子小姐在一起。」

潤一似乎不知如何是好，眼珠骨碌亂轉，然後拿起放在桌上的茶杯。

「或許她的確是跟誰一起喝酒，可能她是等那個人回去之後才自殺。」

「當然有可能。但如果是這樣，照理來說應該找得到當時和她在一起的人，否則不是很奇怪嗎？調查到現在，與和泉園子小姐有關的人我們幾乎都聯繫了，卻沒有找到這樣一個人。或者……」康正說到這裡，望著眼前的青年：「當時和她在一起的人是您？」

「沒這回事。」潤一粗魯地放下茶杯。

「也不是您。那麼，究竟會是誰？目前還沒找到，也沒有人主動向警方聯絡，實在太奇怪了。只有一種可能，就是那個人故意躲起來。至於為什麼要躲，就不必我說了吧。」

「我……」潤一舔了舔嘴唇才繼續說：「認爲是自殺。」

「我也希望如此。不過，只要還有疑點，就不能輕易下結論。」

佃潤一嘆了一口氣。「所以，您到底要問我什麼？就像我剛才一直強調的，我最近和她沒有來往。我承認和她交往過，但我和這次的事無關。」

「那麼，除了您之外，您知不知道有誰與和泉小姐比較親近？年輕女子肯讓人在夜裡進自己的住處，再怎麼想，都一定是熟人。」

「我不知道。大概是和我分手之後，她又交了新的男朋友吧。」

「這恐怕不太可能。她家裡明明還貼著寫有您電話號碼的紙條，沒看到有什麼新男友的聯絡方式。」

「那麼，也許是還沒有那樣的對象吧。可是我和她早就分手了，這是眞的。」

康正沒有回應，只是做出在記事本裡寫東西的姿勢。

「上個星期五，您人在哪裡？」

潤一應該也明白這是在問不在場證明。只見他有一瞬間皺起眉，但沒有表示不滿。

「星期五我照常去上班，回到家已超過九點。」

「之後就一個人待在家裡？」

「是的，我在畫畫。」

「您說的畫，是那幅嗎？」康正指指畫架上那幅蝴蝶蘭的畫。

「是的。」

「畫得眞好。」

「有位作家最近搬家，我打算星期六去拜訪，蝴蝶蘭的盆栽是爲他準備的賀禮。星期五傍晚買的，我只會保管一晚。因爲實在太美了，我就拿來寫生。別看我這樣，我也曾想當畫家。」

「眞是了不起。所以，那段期間您一直是一個人？」

「嗯，大致上可這麼說。」

「大致上？」這種含糊的說法啓人疑竇。「您所謂的『大致上』是什麼意思？」

「半夜一點多，住在這棟公寓的朋友來了。」

「一點？爲什麼在那種時間來訪？」
「那個朋友是在東京都內的義大利餐廳工作，他每次收工回家都是在半夜。」
「對方是突然來訪嗎？」
「不是，是我有事拜託他。」
「有事拜託他？」
「大概是晚上十一點吧，我打電話請他帶一片店裡的披薩回來。因爲我畫著畫著，就想吃宵夜。不然您要不要直接問他？我想他今天應該在家。」
「那就麻煩您了。」康正說。
潤一打了電話，五分鐘後有人敲門。出現的是一個和潤一年紀相當、氣色卻不太好的年輕人。
「這位先生是刑警，想問你上週五晚上的事。」潤一向名叫佐藤幸廣的青年解釋。聽到「刑警」兩個字，青年的表情顯得有所防備。
「有什麼事？」青年問康正。
「聽說您半夜一點帶披薩過來，是嗎？」
「沒錯。」
「您經常像這樣外帶東西嗎？」
「他拜託我外帶這算是第三次吧。我自己也會買回來當宵夜。雖然是店員，也不能吃免費的。」佐藤倚著門，雙手插在牛仔褲的前口袋裡。「欸，這是在辦什麼案子嗎？」

「命案。」潤一說。

「真的嗎？」佐藤睜圓了眼睛。

「現在還不確定。」

「怎麼跟剛才說的又不一樣。」潤一撩著頭髮，喃喃低語。

「帶披薩過來之後，您馬上就走了？」康正問佐藤。

「沒有，閒聊了大概一個小時吧？」

「聊畫之類的。」潤一說。

「對對對，他房裡有一盆好漂亮的花，所以他在寫生。唔，那花叫什麼名字來著？」

「蝴蝶蘭。」

「對。那盆花不在了啊？」佐藤環視屋內。

「第二天就送到它的新主人那裡去了，只留下這幅畫。」潤一朝那幅畫揚起下巴示意，看著康正說：「佐藤拿披薩來的時候，畫幾乎已完成。」然後，他尋求佐藤的意見：「對吧？」

佐藤「嗯」了一聲，點點頭說：「而且畫得很好。」

「您還要問他什麼嗎？」潤一問康正。

沒有了——康正說完，搖了搖頭。

「刑警沒有別的要問了，謝謝你過來。」潤一對佐藤說。
「是什麼案子，事後要告訴我啊。」
「這個嘛，只能透露一點點吧。說太多會被罵。」說著，潤一看看康正。
佐藤走了之後，康正繼續發問。
「您與那位先生認識多久了？」
「搬到這裡才認識的。因爲經常在電梯裡碰上才變熟的，不過只是一般程度的交情而已。」
潤一彷彿是想說，交情沒有好到可以拜託他做僞證。
「您是什麼時候開始畫畫的？」
「回來之後馬上就開始了，所以大概是九點半吧。第二天花就要送走了，動作非快不可。」
聽著潤一的話，康正在腦中計算。從這裡到園子住的公寓，來回需要將近兩小時。殺害園子，僞裝布置，最少也要一小時。如果眞的像潤一所說，九點多回家，半夜一點佐藤來訪，他可以行動的時間是三個半小時。這麼一來，雖然足夠犯案，但畫畫的時間只剩三十分鐘。
康正看了看畫架上的作品。他對畫完全外行，卻也明白三十分鐘畫不出這樣的成品。
「佃先生，您有車嗎？」

「爸媽家裡有，但我沒有。因爲我不會開車。」

「咦，是嗎？」

「這件事說來的確滿丟臉的，可是我覺得眞的沒必要。只是，我還是考慮過一陣子去考駕照啦。」

「哦……」

不會開車的話，移動當然就要靠電車或計程車了。如果是在佐藤回來之後行動，電車已停駛。換句話說，他只能招計程車。想殺人的人，理應不會在深夜搭乘容易被追查行蹤的計程車。

「您能證明是在九點多回到這裡嗎？」

「樓下的管理員應該記得吧。您也可以去問和我一起留在公司的人。我是八點半左右離開公司，再怎麼趕，回來也都是那個時間了。」潤一的口吻充滿自信，表示沒有必要實際去問公司的人。

「那盆蝴蝶蘭，」康正說，「在星期五拿到這裡來之前，放在哪裡？」

「當然是花店啊。」潤一回答。「星期五下午，我外出的期間，上司要女同事去買的。傍晚我回到公司的時候，就擺在辦公桌上了。」

「這麼說，您是那時候才第一次看到花？」

「是的。」

「決定買什麼花的是誰？」

「據說是總編輯和女同事討論之後決定的。好像也有人提議送玫瑰。」

換句話說，不可能事先準備蝴蝶蘭的畫，再佯裝成是當晚畫好的。

「還有其他問題嗎？」

「沒有了。不好意思，耽誤您的時間。」康正不得不站起來。

「那個……相馬先生。」潤一說。

「啊……是？」康正一時之間忘了自己冒充相馬，反應慢了一拍。

潤一一本正經地說：「我沒有殺她。」

「但願如此。」

「我沒有任何殺害她的動機。」

「我會記住這一點。」康正回答。

康正搭電梯來到一樓，在離開之前繞到管理室。上了年紀、穿著制服的管理員，在狹小的房間中看電視。

康正走上前，點頭致意，管理員見狀打開玻璃窗。

「我是警察。」說完，康正出示警察手冊。「這棟公寓有緊急逃生出口嗎？」

「當然有啊，逃生梯就在後面。」

「可以自由進出嗎？」

「外面的人是進不來的，因爲那道樓梯的門平常都會上鎖。」
「那麼，有鑰匙就能自由進出了？」
「對啊。」
「謝謝。」道謝後，康正離開公寓。

一回到園子的住處，康正隨即在餐桌上展開作業。他攤開那張從佃潤一的垃圾桶撿回來的黏塵紙，小心翼翼地把黏在上面的毛髮取下。上面還有少許陰毛，使得這項作業不太愉快，但他顧不了這麼多。

一共取得二十根以上的毛髮。接著，康正從包包中取出盒子與攜帶式顯微鏡。盒子裡裝著從命案現場採集的頭髮。在ABC三種分類中，已知A屬於園子，B屬於弓場佳世子。

康正心想，若從黏塵紙上取得的頭髮中沒有與C一致的，或許可以先把佃潤一從嫌疑犯名單中剔除。

然而，結果並非如此。在顯微鏡下觀察的第一根頭髮，便與C一致。

潤一說夏天與園子分手後就沒見過面，園子屋裡卻有他的頭髮，這兩件事顯然是矛盾的。

爲了確認，康正決定進一步觀察其他的頭髮。可能性雖低，但與C一致的頭髮也有可能不是潤一的。

黏塵紙上的頭髮可分爲兩類。其中一類的特徵與C一致，但在調查另一類的頭髮時，康正不禁感到全身發熱。他反覆換了好幾次頭髮，透過顯微鏡觀察，漸漸導出一個意想不到的結論——

那些頭髮，疑似是弓場佳世子的頭髮。

第四章

1

車子撞上十字路口的分隔島，引擎蓋被壓扁，活像一張揉成一團的紙。汽油雖然沒有外漏，但擋風玻璃碎片撒滿整個路面。駕駛是一名年輕男子，車上沒有乘客。他穿著印有公司名稱的深藍色制服，看來是某電子機器製造商的維修員。車子也是公司的小貨車。不愧是業務用車，里程數超過十萬公里。

男子立刻被送往醫院，頭部與胸部確定遭到強烈撞擊。若是繫了安全帶，應該能避免這種傷害。

康正與同組的坂口巡查一同進行車禍現場勘驗。處理這類單方面的事故時，心理負擔較小，因爲不必擔心與被害者溝通不良。事故處理的手續也單純許多。

雖然已是深夜，但車燈明亮，觀察路面的情況相對簡單。沒有煞車痕，而且道路是和緩的彎道，可推知駕駛約莫是在行駛中打瞌睡。

「和泉兄，瞧瞧這個。」查看駕駛座的坂口找到一個小提包。

「裡面有駕照嗎？」康正問。剛才他們在男子身上找過，沒有發現駕照。

「有。呃，岡部新一，住在安城。」

「有家裡的電話嗎？」

「請稍等。唔……啊！」

「怎麼了？」

「有這個。」說著，坂口從提包裡拿出一盒藥。「感冒藥。」

康正皺起眉，「那麼，果眞是打瞌睡了。」

「如果他吃了這個藥，可能性就很高。哦，找到名片了，上面有夜間聯絡電話。」

「那你先打電話問家人的聯絡方式。」

「好。」

康正目送坂口離開後，轉頭看手表。現在是深夜兩點多。昨天早上八點四十五分開始值事故班，這是第四起車禍。前天晚上他才從東京回來，體力負擔實在不小。

看這種情況，他推測天亮之前還會出勤兩、三次。愛知縣的交通事故很多，康正目前爲止的最高紀錄，是一天出動十二次。

現場勘驗結束，將事故車交由業者處理後，康正搭坂口駕駛的箱形車回警署。所幸還沒有接到下一起車禍的通報。

「聽家人說，他果然是感冒了，所以很可能是吃了藥。」坂口邊開車邊說。

「大概是以爲吃個感冒藥不會怎麼樣。」

「就是啊，可是其實吃感冒藥比喝酒還危險。喝醉想睡可以忍，吃藥想睡卻是沒辦法忍的。不過，平常就有吃安眠藥習慣的人另當別論。」

「是啊。」

這時，康正的記憶裡浮現安眠藥的空藥包。放在園子寢室的桌上，藥包有兩個。凶手把藥包放在那裡，是要強調吃安眠藥出自園子的意願吧。但有必要吃到兩包嗎——？

康正對於安眠藥幾乎一無所知，因此看到兩個藥包時，單純認爲那就是服用量。他暗忖，必須好好查一下。

抵達警署，康正一回自己的位子，便看到桌上有一個信封，上面潦草地寫著「和泉收」。他心想，一定是野口。

野口是康正在鑑識科的朋友。昨天早上，他請野口幫忙鑑定幾根頭髮。當然，這種私人委託是被禁止的。野口也是先聲明「只能大致看一下」，才答應的。

信封裡除了裝有毛髮的塑膠袋，還有一張紙。野口在上面寫了這段話：

「依毛髮的損傷狀態、剪髮後的天數與外表特徵，X1與X2的來源相同。而以染髮的時期與髮質等判斷，Y1、Y2、Y3屬於同一人物。若需更詳細的檢驗，請填申請單。」

看來無法請他做血液檢查和微量元素分析，但得到專家這樣的意見，對康正來說已足夠。

X1、Y1是在園子住處採集的毛髮當中，不屬於園子頭髮的兩種。X2、Y2則是佃潤一丟在垃圾桶裡的黏塵紙上的頭髮。Y3是弓場佳世子掉落的頭髮。

這個結果可以導出兩個結論：弓場佳世子與佃潤一的行動都與他們的口徑不一致，最近兩人都去過園子的住處。而且，弓場佳世子去過佃潤一的套房。

康正再次想起與園子的最後一通電話。她說：「我被相信的人背叛了。」康正問她是不是男人，她沒有明確回答，只說：「除了哥哥，我再也不敢相信任何人了。」

這是常有的事——康正憑空想像著。恐怕介紹弓場佳世子與佃潤一認識的就是園子。介紹男友與好友認識，當時園子她一定做夢也沒想到兩人會背叛她吧。

可是——康正思忖。

就算是處於這種三角關係，弓場佳世子或佃潤一有殺害園子的必要嗎？

假如潤一和園子已結婚，那還能理解，但他們只不過是男女朋友而已。如果潤一喜歡弓場佳世子多過園子，只要甩掉園子，和佳世子結婚就好了，用不著顧慮任何人。

然而——

男女間的愛恨情仇本來就沒有常理定規可言。三者之間也許產生了複雜的感情糾葛。

無論如何，既然現場有弓場佳世子與佃潤一的毛髮，並且兩者看來都做了假口供，那麼，應該可以把兩人鎖定爲嫌犯。當然，他們也可能是共犯，但康正認爲可能性很低。因爲在查明犯案內容後，他判斷兩人聯手行凶既沒必要也沒好處。

康正確信，他們其中一人殺害了園子。

結果當天晚上，康正只再出了兩次勤。康正和坂口確認時間過了早上八點四十五分後，安心地吐出一口氣。若是在交班規定時間前接到車禍報案，仍算是夜班輪職人員的工作。最誇張的是，即使是在八點四十四分接到報案，康正他們也必須處理。出勤十二次那回，他到家已是晚上十一點多。

輪值結束後，康正排了休假。他一到家就放洗澡水，並且趁這個空檔打電話到醫院，與開安眠藥給園子的醫師聯絡。

醫師似乎剛好有空，立刻接起電話。

「是康正嗎？你妹妹的事我聽說了。眞是苦了你。」醫師的語氣有些激動。

「您知道了？」

「嗯。其實是前幾天接到東京的警察來電，我才知道的。眞是教人大吃一驚啊。」

「東京的警察……」

一定是加賀——康正馬上想到他。對了，那位刑警問過如何聯絡開安眠藥給園子的醫師。

「後來我打了好幾次電話給你，你都不在。」

「抱歉，我到東京去了。」

「我想也是。哎，總之，我眞不知該說些什麼才好。」醫師人很好，從語氣便感受得到他的爲人。他對康正說了不少安慰的話，聽得出他十分難過。

「其實，我有事想請教醫生。」康正說。
「什麼事？關於安眠藥的事嗎？」
醫師一針見血地指出康正的目的，他有些吃驚。
「是的。您怎麼知道？」
「因爲東京的刑警打來就是爲了這件事，他想知道我開給園子的藥劑的服用量。」
果然，加賀當時就對那兩個藥包產生疑問。
「您怎麼說呢？」
「我說一次一包啊。如果覺得太多，可以再分成一半。」
「會不會有一包不夠的時候？」
「不會。尤其是園子，我還交代她盡量一次半包就好。不過，康正啊，爲什麼要問這個？是不是有什麼問題？」
「東京的刑警是怎麼說的？」
「他只說是要確認。」
「這樣啊。其實我也不太清楚，只是聽說刑警在調查安眠藥的事，我就打電話向您問問。不好意思，您這麼忙還來打擾。」
「這倒是不要緊。」
醫師似乎不怎麼滿意這個說法，但康正無法再多說。他懇切地道了謝，很快就結束通話。

康正感到十分不解。

兇手爲何要在桌上留下兩個安眠藥的空藥包？若是想布置成園子是自行吃藥的，留一包不就夠了嗎？或者是認爲自殺的時候應該會吃上兩包，爲了避免露出破綻才故意這麼安排？

康正頗爲猶豫，不知是否該執著於這件事。也許這根本沒什麼意義，但他就是無法釋懷。突然間，他很想知道加賀是怎麼想的。

洗過澡後，他吃著從便利商店買來的便當，打開筆記本。他把目前調查的結果都寫在裡面。他拿起原子筆，再加上「爲何要放兩個安眠藥包？」。在這行字的上面，他已先寫下佃潤一的不在場證明——

「九點多回到位於中目黑的公寓。半夜一點到兩點之間與佐藤幸廣談話。九點半開始，到半夜一點的這段時間畫花，近乎完成。」

康正不知該如何解釋。這說不上是完整的不在場證明。如果半夜兩點離開，搭計程車的話，路上車少，應該三十分鐘就能到園子那裡。即使是半夜兩點半忽然到訪，看對方是潤一，園子大概也不會有所提防吧。這樣想來，行兇並非不可能。

但之前康正也想過，利用計程車的心理難以理解。不，更難以理解的是，假如佃潤一就是兇手，他畫蝴蝶蘭是爲了什麼。他應該知道，只鞏固半夜兩點前的不在場證明是不夠的。

如果他在半夜兩點以後的不在場證明也完美無缺，做假的味道立刻變濃。他聲稱九點半到半夜一點在畫畫，但誰都沒有看見，只有那幅完成的畫而已。這麼一來，可疑的是其中會不會有什麼詭計？

換句話說，如果要懷疑他是爲了擺脫嫌疑而做了這些安排，卻又會因這項不在場證明無法全面兼顧，反而使康正陷入要懷疑也不是、不懷疑也不是的兩難。

2

翌日，康正要爲前天輪值時負責的事故進行文件處理。由於是日班，傍晚就能離開警署，加上明天休假，康正決定今晚就前往東京。換好衣服，康正提著一早便帶來的行李走向豐橋車站。

他一到東京車站就找尋公用電話。一整排電話前聚集了許多人，幸好有一台空出來。他打電話到弓場佳世子的住處。她在家。再度接到和泉園子哥哥的電話，她似乎有些意外。康正爲她守靈時來上香一事道謝後，便進入正題。

「其實有件事情很想和妳談談，請問明天可以見面嗎？」

「可以是可以，呃，大概什麼時候？」

「明天我必須趕回名古屋，不曉得妳午休時方便嗎？」

「明天午休我在外面呢。」

「能不能找個地方碰面？我過去找妳。」

「那裡有點偏遠，可以嗎？」

「沒關係。」

於是，弓場佳世子指定二子玉川園車站附近的家庭餐廳。據說那家餐廳位在世田谷區，面向玉川通。康正不知道那是哪裡，又不好要求更換地點。他們約好下午一點碰面。

當天康正抵達園子的公寓時，已是晚上十一點多。由於路上繞去吃飯，才會這麼晚。正想開門的時候，看到門縫夾了一張白紙。他以為是包裹投遞單，結果不是。紙上是這麼寫的：

「等候您的聯絡　練馬警署加賀　十二月十三日」

十三日就是今天。加賀擺明了就是知道康正的勤務表，算準他今天會來東京。恐怕加賀是向豐橋警署詢問過了。康正把紙條揉成一團，塞進大衣口袋。

園子的住處很冷。日光燈的白光散發出一種說不出的慘淡氛圍。他拿著行李進了寢室，操作固定在牆上的搖控器，打開空調。

康正想起發現園子的遺體時，暖氣也關著。園子睡覺時絕對不會開著空調不關。凶手應該是知道她這個習慣，才關掉暖氣的。園子與凶手一起待在屋裡時，一定還開著空調。

或者，凶手是不希望讓人太早發現遺體才這麼做。暖氣太強，會使屍體加速腐敗，臭味就會外漏。但這種想像只會令他反胃，所以他沒有再想下去。

脫掉大衣，在床邊坐下。他還是不願睡在這張床上，打算直接裹著毛毯睡地板。

年底前還能來多少次呢——康正想到這裡，順勢往桌曆望去。那桌曆上印有貓咪的照片，一頁就是一週，所以不叫日曆，應該是週曆。尺寸大約比明信片再小一些。

奇怪了——他心想。因爲最上面那頁是上週的日期。他是上週一發現園子的遺體，園子死於上上週五晚間。那麼，週曆應該停在上上週，否則就很奇怪。

他站起來，查看放在房間一角的圓形垃圾桶，裡面沒有上上週的那頁週曆。

他突然想起一事，打開自己的包包，取出其中一個裝有證物的塑膠袋。就是裝著餐桌上小碟子裡燒剩的灰燼的那一個。

他小心夾起三張碎紙的其中一張。果然不出所料，無論從紙質或僅存一點的黑白照片來看，那就是貓咪週曆燒剩的部分。

爲什麼要燒這種東西？不，在此之前，應該先思考動手燒的是園子，還是凶手——？

先不管是誰燒的，週曆本身應該沒什麼特殊意義，恐怕是上面寫了什麼吧。重要的是寫下的內容。

例如——康正試著假設——園子親自在週曆上寫下與凶手碰面的日期與時間。凶手若是看到，當然會想處理掉。

不過——

康正端詳起週曆。設計很簡單，貓咪的黑白照片幾乎占了一整頁，只有下方保留一小塊空間放一週的日期。

他發現這樣根本沒有地方寫字。他再往下翻了一頁，查看背面。背面是全白的。

有件事突然掠過他的腦海。當時，記事本附的細鉛筆就放在這張桌子上。記事本明明在園子的包包裡，爲什麼只有鉛筆在外面？

康正推測，會不會是誰用那支鉛筆，在週曆後面寫了什麼？不可能是凶手自己寫自己燒的，所以寫的人應該是園子。內容不利於凶手，所以凶手在殺害園子之後燒掉了。

但又出現爲何要特地燒掉的疑問。就算要處理掉，也不必在這裡燒，一般不都是先帶走，再看要丟到別的地方或撕毀嗎？扔馬桶沖掉也可以。

康正看著塑膠袋裡剩下的兩張碎紙。這兩張是彩色照片的殘骸。被燒掉的是什麼照片？至今他依然沒有頭緒。上次來東京的時候，他在書架上找到好幾本沖印店送的廉價相簿，已仔細檢查過，裡面都是沒有特殊意義的照片，淨是些公司員工旅遊、朋友婚禮之類的照片。當然，想必是不重要，才沒有被燒毀。

康正思索，假設佃潤一是凶手，在這種情況下，園子與他曾關係匪淺之事必須保密。爲了湮滅證據，他決定處理掉兩人的合照，順便把寫了東西的週曆一起燒掉——

雖然對燒掉這個方法依然存疑，但這樣就大致說得通了。問題是，週曆背後寫了些什麼？

不得不撕下使用中的週曆來寫，可見當時情況相當緊迫。如果時間充裕，應該會找到便條紙再寫才對。

康正想著這些，望向書架附近。看著看著，頭不禁偏了。

他感到納悶：這裡怎麼連支筆都沒有？

第二天早上，康正前往園子的公司，要向她的上司打聲招呼。當然，另一個目的是希望能夠得到一些情報。他一早就和對方聯絡過了。

會客室擺著好幾張四人座的桌椅，康正在這裡跟園子所屬部門的課長和股長見面。股長曾來參加葬禮，長得一臉窮酸，課長山岡與他形成對照，是個胖子。慰問的話講了一大串，但誇張的語氣和表情反倒凸顯出他的矯情。

「與舍妹最熟的不知道是哪一位？」談話告一段落之後，康正問。

「呃，是誰啊？」山岡課長望向股長。

「前幾天警方來的時候，好像是總務課的笹本小姐接待的。」

「哦，原來如此。她們兩個進公司的時期差不多。」

「我能不能見見那位笹本小姐？」康正說。

「我想應該沒問題。你去聯絡一下總務課。」課長命令股長。

幾分鐘後，股長回來了，表示那位姓笹本的女職員正好有空，馬上過來。

「那麼，還不是很清楚原因嗎？」山岡這麼問，康正一時無法理解他的意思，過了幾秒，才明白他指的是自殺的原因。

「找不到一個明確的原因……」康正回答。「不過，也許都是這樣的。」

「是啊。聽說這類自殺的情況愈來愈多了。」山岡附和。

不久，一名女職員出現，是個娃娃臉的嬌小女子。山岡等人介紹她給康正後，便快步離去，大概是不想和麻煩事有所牽扯。不過兩人單獨談話，對康正來說比較方便。

她的全名是笹本明世。

「因爲與和泉小姐最熟，每次都找我過來，其實我和她沒有那麼要好，只是中午會一起吃飯，去過她住的地方一、兩次而已。所以，如果問到一些太細的問題，我可能也答不上來。」她一坐下便如此聲明。

康正意會，露出微笑。

「刑警問了妳很難回答的事嗎？」

「如果眞的熟識，可能不算很難，但就像我剛才說的，其實我們沒有那麼要好。」笹本明世一臉抱歉。

「比如說，對她的自殺有沒有頭緒、有沒有男朋友，是嗎？」

「是的。」

「其他問了什麼？」

「問了什麼呀？我不太記得了。」笹本明世伸手貼著圓臉。「啊，對了。刑警問我知不知道和泉小姐喜歡葡萄酒。」

「葡萄酒？那妳怎麼說？」

「我說，這麼一提，確實聽和泉小姐說過。結果刑警問我是不是每個人都知道，於是我回答，其他人大概不知道吧。要是刑警沒問起，我都忘了。」

看來，加賀認為那瓶酒是別人送的，不是園子自己買的，才會想要找出送禮的人。

「除了這些，還問了什麼事？」

「除了這些……」笹本明世略加思索，露出想起什麼的表情，但視線一和康正對上，不知為何就低下頭去。

康正頓時有所領悟，「是問了我的事嗎？」

「是的。」她小聲回答。

「哪方面呢？」

「刑警問有沒有聽和泉小姐說過哥哥什麼……」

「妳怎麼回答？」

「在公司裡沒聽她提過，但我去她的住處玩的時候，聽和泉小姐說家裡只剩一個哥哥，在愛知縣……」

「那刑警怎麼說？」

「沒說什麼，就點點頭記下來。」

「刑警的問題眞怪，也許是認爲我和妹妹的自殺有關。」

「那是不可能的吧！」笹本明世說得十分肯定。只有這句話表現出積極的態度，康正有些意外。

「但願如此。」

「因爲和泉小姐非常信任哥哥。光聽她說我都覺得好羨慕。」

「是嗎？」

「和泉小姐不是將她住處的鑰匙給了哥哥嗎？這種事情，一般人連對父母都不太做得到。」

「原來如此。」

「和泉小姐說，因爲這樣，她只剩下一把鑰匙，所以又打了兩把備份鑰匙。」

「打了兩把？」客套的笑容從康正臉上消失了。「眞的嗎？」

「嗯。我也覺得如果是爲防萬一的備份鑰匙，一把應該就夠了。」笹本明世的說法意味深長。

康正認爲很有可能。園子以前應該也和幾個男人交往過才對，爲了男友打備份鑰匙，順便也打一把自己備用，這是很有可能的。其中一把備份鑰匙，最近應該是交給了佃潤一。

兩把備份鑰匙中，一把在門後的信箱裡，另一把在哪裡？

康正原想問笹本明世是否知道園子的備份鑰匙放在哪裡，但又作罷。他不認爲笹本明世會知道，問了只會令她起疑。

「請問您還想知道什麼嗎？」笹本明世一副希望盡早解脫的神情。

「沒有了。謝謝妳。」康正低頭行了一禮。

離開園子公司後，他查看電車路線圖搭車。來到二子玉川園站時，是十二點半。從這裡到他與弓場佳世子約定的餐廳，大約有三百公尺。康正豎起大衣的衣領，沿著大馬路右側走著。一路上大型卡車頻繁來去。

弓場佳世子當然還沒來，康正選定靠窗的位子，點了咖哩飯和咖啡套餐，一邊吃一邊等她。過了一點，店內的人比較少了，但相隔一桌有一群看似剛上完健身房的中年主婦，高分貝的談笑聲打亂了店內的氣氛。

康正吃完咖哩飯時，弓場佳世子正好進來了。今天她的打扮風格與上次的黑色小洋裝截然不同，是輕便的褲裝，一手拿著太陽眼鏡。她一走近，中年主婦們看到她，對話中斷了一下，才又繼續聊天。

佳世子打了招呼，康正應了聲，請她坐下。穿短裙的女服務生拿來了一大本菜單，佳世子點了冰淇淋。康正則要求咖啡續杯。

「妳也要跑外勤嗎？」康正想起她在保險公司工作，便這麼問。

「沒有，我不用跑外勤。」
「不過，妳是爲了工作才來這附近的吧？」
「今天比較特別，有個住在這附近的朋友找我問保險的事……」
「哦，原來如此。」
「請問您找我有什麼事？」佳世子問，纖細的指尖撫著水杯。
康正端正姿勢，朝那群主婦瞟了一眼。看樣子沒有人在偷聽。
「想請教妳有關園子男友的事。」
「關於這方面，我知道的上次都說了……」
「妳認識佃潤一這個人吧？」
弓場佳世子的黑色大眼裡映出康正的臉。
「妳認識吧？」康正又說了一次。
佳世子垂下長長的睫毛，沒有回答，約莫是在推估康正對實際狀況掌握了多少。
她終於抬起頭，「園子向我介紹過。」
「她是怎麼介紹的？」
「我忘了。那是很久以前的事了，而且是碰巧遇到才介紹的。」
康正盯著她。
「上次我問妳園子有沒有男友，妳只告訴我，園子有一個好幾年前分手的男友，絲毫沒有提到佃潤一。爲什麼？」

「沒有爲什麼啊……只是沒想到而已。」

「妳是說，當時妳的腦袋裡完全沒有浮現佃潤一這個人？」

「是的。」

「哦……」康正喝了水，口好渴。

正好在這時候，女服務生端來冰淇淋和續杯的咖啡，但兩人都沒碰。

「妳在說謊。」康正看著弓場佳世子雪白的額頭說。那額頭上立刻出現縱紋。康正看著那些皺紋繼續說：「妳正在和佃潤一交往。」

佳世子體格嬌小，胸部卻異常豐滿，她挺了起來，吐出一口氣。

「我不知道您在說什麼。」

「妳就別裝了，我什麼都知道。」康正往椅子一靠，斂起下巴，觀察眼前這名女子的反應。

弓場佳世子雙手放在膝上，背脊挺得筆直，就這樣靜止不動。那雙眼睛望著逐漸融化的冰淇淋，但她當然不是眞的在看。康正以爲她會找理由辯解，她卻似乎沒有這個意思。

「我再問一次。」康正上身微傾，「妳和佃潤一正在交往吧？」

弓場佳世子垂下的睫毛晃動了，這和守靈當天想起園子的反應，意義應該大不相同。過了好一會，她才微微點頭，說「對」的聲音有點沙啞。

這回換康正大大地吐了一口氣。

「園子的男友佃潤一在和妳交往，這是怎麼回事？」

「那是……自然而然的結果。」

「自然而然？園子都死了。」

「我認爲這兩件事沒有關係。」

「是嗎？」

「什麼意思？」佳世子望著康正頻頻眨眼。

「如果園子是自殺，等於是你們害的，妳不認爲嗎？」

「我們……」佳世子雖然面向康正，眼睛卻看著斜下方。「我們是在園子和佃先生分手之後才開始交往的，所以我不認爲園子是因此自殺。」

「和園子已分手，只是佃單方面的說法。」

佳世子聽到康正這句話，睜大了眼睛。

「你見過他了？」

康正心想糟了，但已太遲。

「我要告訴妳一件事。」康正說。

康正打算向佳世子道出，她的說法與他目前的調查結果之間的差異。

「什麼事？」

「我不認爲園子是自殺。」

彷彿被康正的氣勢震懾，佳世子稍微縮起身體。

「我認爲園子是被殺害。不，我相信，因爲我有證據。」

佳世子眼中略有怯意，仍搖頭：「您弄錯了。」

「很抱歉，」康正動了動嘴角說：「我不相信妳說的話。」

「您懷疑我是吧？」

「沒錯。順便再問一下，上上個星期五晚間，妳人在哪裡？做了些什麼？」

佳世子將手貼在右頰後，側著頭，耳垂上的金色飾品隨之搖晃。連這種不經意的動作也散發一股明星味。

「我沒有不在場證明。」

「那就不能證明妳的清白。」

「我可以問一件事嗎？」

「什麼事？」

「您爲什麼不告訴警方？」

「我的目的，」康正凝視著佳世子，故意笑了笑：「不是逮捕凶手。」

弓場佳世子並不遲鈍，她立刻領悟康正話中的含意。從那因緊張害怕而僵硬的臉頰看得出來。

附近的那群主婦喧鬧著起身離開。其中一人一直盯著康正他們。

「妳是什麼時候剪短頭髮的？」康正問。

佳世子「咦」了一聲，看著他。

「妳的頭髮掉在園子的住處，這該怎麼解釋呢？」

佳世子擠出僵硬的笑容。

「您怎麼確定那是我的頭髮？」

「想要反駁，先把妳那頭漂亮的頭髮給我幾根吧！我好拿來做更詳細的調查。」

她不悅地皺起眉毛，想必是料到守靈當晚自己的頭髮被偷偷採樣了。

「星期三，」她說，「我和園子見過面。就在園子的住處，和園子兩個人。」

「妳是說，頭髮是那時候掉的？」

「除此之外，我想不出別的可能了。」

「星期三見過面的事，之前為什麼不說？」

「因為我覺得沒有必要。」

「怎麼說？」

「我認為和園子的死無關，是不要緊的事。」

「妳們碰面是為了什麼？」

「沒有特別的理由。她打電話來說很久沒見面，想見個面，我下班就過去坐了一下。」

「依我看，園子已知道妳和佃潤一在交往。那她怎麼還會想見妳？」

「我不知道。她沒有提起我們的事，我想她並不知道。」

「可以說說我的想像嗎？」

「請說。」弓場佳世子的黑色虹膜發出異樣的光芒。

康正深吸了一口氣，才說：

「星期三，妳和園子因佃而發生爭吵，當然吵不出個結果，於是妳對園子萌生殺意。」

「我爲什麼會對她萌生殺意？如果是她恨我，那還說得通。」

「如果園子堅持不肯和佃潤一分手呢？而潤一又說園子不願意分手，就不能和妳在一起呢？在妳的眼中，園子就是個礙事的麻煩精。」

「虧您想得出這種事。」

「所以我說是想像啊。」

「您要說的應該都說完了吧，恕我先告辭。」佳世子碰也沒碰冰淇淋便站起來。

康正也留下第二杯咖啡離席。他在櫃檯付帳時，佳世子已快步走出餐廳。

他一來到店外，就聽到尖銳的引擎聲從停車場靠近。一輛綠色的MINI Cooper正要駛離。康正發現開車的人是弓場佳世子，上前擋住車子的去路。車子停下來，他走到駕駛座旁。

佳世子右手不耐煩地把車窗搖下約十公分。原來不是電動車窗。

「這是妳的車？」康正問。

「是我的車。」

「有車的話，」康正直盯著車內，「半夜一樣可以行動。」

「失陪了。」佳世子的腳鬆開煞車踏板。MINI Cooper發出吃力的聲響，從康正面前離去。

3

康正一回到園子住的公寓，就看到加賀等在門口。加賀雙肘靠在通道的把手上，俯瞰著道路，一見康正就露出笑容。那副模樣子幾乎可用親切來形容。

「您回來了。」刑警說。

「您等多久了？」

「等多久了啊？」加賀看看手表。「嗯，也沒有多久。您上哪去了？」

「園子的公司。我之前沒時間去打招呼。」

「我是說去過公司之後。」加賀仍掛著笑容。「您中午就離開那裡了，之後上哪去了呢？」

康正打量刑警那張輪廓深邃的臉。

「您怎麼知道我去園子的公司？」

「我想您差不多該去拜訪了，便打電話詢問。結果對方表示您早上去過了。我的直覺滿準的。」

康正搖搖頭，將鑰匙插進鑰匙孔。

「可以讓我再看一次屋裡嗎？」加賀說。

「還有什麼要看的？」

「有些東西想確認一下，拜託了。而且我也有一些您可能想知道的情報。」

「情報？」

「是的，我想一定很值得參考。」賀意味深長地笑道。

康正嘆了一口氣，開了門。「請進。」

「打擾了。」

康正暗自慶幸已把證物收進包包裡。要是被這位刑警看到，一切就完蛋了。

「離開園子的公司後我在新宿繞了一下，我想知道園子是在什麼環境下工作。」康正回頭，只見加賀蹲在鞋櫃前。「您在做什麼？」

「啊，抱歉。我看到這個，」加賀拿著羽球拍，「靠著鞋櫃擺放著球拍。看起來滿專業的，應該是碳纖材質吧？令妹參加過羽球社嗎？」

「高中時代參加過。這又怎麼了？」

「握把布纏繞的方向和一般人相反。」加賀指著握把的部分，「也就是說，令妹是左撇子，沒錯吧？」

「沒錯，舍妹是左撇子。」

「果然，」加賀點點頭，「我沒猜錯。」

「依您的說法，好像還沒看到羽球拍就知道了。」

「不能說是知道，只是這樣推測而已。」

「唔，」康正環視屋內，「是因爲分析過她各種物品上的指紋嗎？好比鉛筆、口紅什麼的。」

「不是的，我是湊巧發現的。當時我負責調查寄給園子小姐的信件，您還記得吧？」

「記得，您說沒有近幾個月的信件。」

「這和信件收到的早晚無關。我注意到的是拆信的方式。具體地說，是信封怎麼撕開的。」說完，加賀忽然想到什麼，取出一張自己的名片。「不好意思，可以請您撕一下嗎？就像拆信一樣。」

「拿別的紙來試吧。」

「沒關係，反正還沒用完就會印新的了。請不必介意，撕吧。」

印新名片這句話，是意味著單純的調職，還是想到可能晉升才說的，康正有點好奇。看著眼前這個人，他覺得是後者。他認爲加賀是個很有自信的人。康正對準了印著「巡查部長」的部分，慢慢撕破。

「您的慣用手是右手吧？」加賀說。

「是的。」

「這是很典型的撕法。左手拿著名片，右手撕下目標的部分，而且是往順時針的方向撕，大多是這樣。」

聽加賀這麼一說，康正回想自己的手部動作。

「不是每個人都這樣嗎？」

「其實並不是，可以說是各不相同。只要看撕破的地方，」加賀接過被撕成兩半的名片，繼續說：「就能從破損面和指紋的位置等等，大致判斷出這個人的習慣。調查園子小姐的信件時，我發現她的動作與您剛才所做的左右完全相反，所以我才猜園子小姐或許是左撇子。」

「原來如此，知道原理後就很容易判斷。」

「在這方面，和泉先生應該更拿手才對。」康正不明白加賀的意思，沉默以對。於是，刑警笑吟吟地繼續道：「您不也是從保險桿的凹陷程度、車燈的損壞方式、烤漆塗料的脫落等，推論車子是在什麼情況下發生事故的嗎？換句話說，您是從物證拼湊出假設的專家。」

「原來是這個意思啊。」

「破壞中必有訊息。這句話在任何案件中都用得上。」

「也許吧。」

康正心想，這個人不知從中看出了什麼訊息。

「對了，任何事令妹都是以左手來做嗎？」

「沒有，她被父母矯正過，所以筷子和筆是用右手拿。」

「這樣啊。日本人通常都會這麼做。聽說外國人不太會矯正左撇子，不過很少看到刀叉左右拿反的外國人。令妹呢？」

「我記得應該和普通人一樣。」

「也就是右手拿刀，左手拿叉？」

「是的。」

「這麼說，如果不是平常特別注意，很可能會忘記園子小姐是左撇子。」加賀說得不以爲意，但他顯然十分重視這一點。「對了，那樣拿刀叉不知感覺如何？應該還是會想用比較有力氣的手拿刀吧。」

「這我就不知道了，我沒有和舍妹談過這個話題。」說完，康正觀察加賀的神情。

「園子是左撇子，和這次的事有什麼關係嗎？」

「這個嘛，目前還不能斷定，我個人認爲可能有。」

這種說法令康正感到不安。園子是左撇子這件事，確實是這次命案的重要關鍵。康正也是從塑膠外皮碎屑沾在菜刀上的位置，才確定凶手是慣用右手的人。

但那條線索已被康正湮滅，加賀爲什麼還會追查園子的慣用手？難道有別的證據顯示命案是右撇子幹的嗎？

想到這裡，康正發覺自己忽略了很重要的一點。他擔心沾上指紋使用了手帕，那凶手呢？當然也會避免留下自己的指紋吧。可是完全沒有指紋又很奇怪，所以凶手應該會把園子的指紋印上去才對。

當時是印了園子的哪一隻手？

正如加賀所說，平常看不太出來園子是左撇子。凶手就算知道，情急之下讓她用右手來握不無可能。這位刑警是不是發現菜刀上的指紋與園子撕信封的習慣產生矛盾，才對自殺的死因有所懷疑？

「有件事希望您能誠實告訴我。」康正在寢室的地毯上盤腿坐下。「您顯然對園子的死抱持疑問。說得明白一點，您認爲這個案子不是自殺而是他殺，爲什麼？」

「我並沒有這麼肯定。」

「您就別裝了。如果我是一般人，也許會相信這種說法，很不巧我不是。」

加賀聳聳肩，然後緩緩搔了搔右頰。看來他雖然有些遲疑，但還不到困擾的程度。恐怕他已料到康正遲早都會問。

「我可以進去嗎？」

「請進，如果您肯吐實的話。」

「我自認沒有說謊啊。」加賀苦笑著進門。「我倒是認爲，沒有說眞話的人，和泉先生，是您。」

「這話是什麼意思？」康正挺身戒備。

「沒有特別的含意，就是字面上的意思。您有很多事都瞞著我們。」

「我爲什麼非瞞著你們不可？」

「您這麼做的理由，我心裡大致有底。」加賀不找地方坐，而是在狹小的廚房來回走動。「一開始讓我產生疑問的，是一些細小的事。在飯店酒吧時，我問過您水槽的事，您還記得嗎？」他在水槽旁站定，看著康正。

「您說……水槽是濕的。」

「是的。從推定死亡時間來看，園子小姐大約是在數十小時前使用水槽，應該早就乾了，否則會很奇怪。然而事實上，水槽有相當大的範圍是濕的。我把這個現象解釋爲您可能在水槽洗了手，因爲不這麼想就說不通。」

加賀來到餐具櫃前。

「其次引起我的注意的，是向您提過的空酒瓶。從屋內沒有存放酒類看來，可以想見園子小姐酒量並不大，要她獨自喝完那瓶酒也太多了。於是我心想，她眞的是獨自喝酒嗎？就算是自殺，在那之前有人和她對飲也不足爲奇。如果眞有這樣一個人，有必要趕緊找出來，問出詳細的經過。我認爲應該還有一只葡萄酒杯，但找遍了屋內，仍找不到其他放在外面的酒杯。園子小姐有好幾對葡萄酒杯，但和她使用的成對的那一只，卻收在餐具櫃裡。」他指著餐具櫃。「然而仔細看這只酒杯，有點不太對勁。」

「怎麼說？」康正隱藏內心的慌亂，不動聲色地問。

加賀從餐具櫃裡取出葡萄酒杯。

「看得出園子小姐十分愛乾淨，每個杯子都擦得很亮。只有這個酒杯上有白霧，可以說洗得很草率。」

「所以呢？」

「於是我想，這個酒杯是其他人洗的。那麼，是什麼時候洗的？不可能是園子小姐身亡之前，沒有道理唯獨這個酒杯由別人來洗，而且若是園子小姐還活著，想必會重洗。換句話說，這個酒杯是在園子小姐死後才清洗的。這就奇怪了，因爲這間屋子扣上了門鍊。不，因爲有人聲稱這間屋子扣上了門鍊。那麼，洗了酒杯的人是怎麼離開的？」

說到這裡，加賀像是要觀察反應般看著康正。

「我很想知道答案。」康正說。

「無法釋懷的我就這樣回到警署，看到不久之後鑑識科送來的報告，我反倒更納悶了。」

「這次又怎麼了？」

「沒有指紋。」

「指紋？」

「水龍頭上沒有指紋。」加賀指著水槽上的水龍頭說。

「正確地說，上面只有園子小姐的指紋。這樣您應該明白我爲什麼會感到納悶了吧。那麼，水槽爲什麼是濕的呢？」

康正心頭一驚。他開關水龍頭的時候戴著手套，擔心在不該留下指紋的地方留下指紋，但顯然造成了反效果。

「所以，我來請教您是否用過水槽。一提到水槽是濕的，您就說在那裡洗過臉。但這實在不合理，因爲如果眞是那樣，應該會有您的指紋才對。」

「那麼……你怎麼推理？」康正問，他已沒有心思用敬語。

「我推測酒杯是您洗的，但您不想讓警方知道，便小心避免在水龍頭上留下指紋。」

「原來如此……」

「如果說錯了，請糾正我。不過，要請您說明一下弄濕水槽的理由，以及水龍頭上爲什麼沒有指紋。」

「我的確有話想說，不過先聽你說完。」

「好的。那麼，您會洗酒杯，表示那個酒杯是使用過後被放在那裡的。換句話說，兩個酒杯都用過了。這麼一來，我們可以說，園子小姐不可能是獨自喝酒。然而，您卻試圖隱瞞這個事實。爲什麼？可能性只有一個，就是您怕警方對園子小姐的死因起疑。反過來說，就是您知道園子小姐不是單純的自殺。這時，門鍊就成了重點，如果眞的上了門鍊，無論有多少不自然的狀況證據，您應該都不會想到自殺以外的可能性。因此，必然會導出一個結論。」

「我說門上扣著鍊條是謊話，是嗎？」

「只有這個可能。」加賀說完，點點頭。

康正想起這位刑警找他去飯店的酒吧時，已對門鍊的事起疑。

「繼續說。」康正催促道。

「我心想，爲什麼您要這麼做呢？」加賀豎起食指，「照理說，如果對妹妹的死因存疑，應該會積極向警方提供情報才對。於是我首先想到的，是您與令妹的死亡有關。」

「所以你才調查我的不在場證明？」

「我不打算否認，但那純粹是依照辦案程序進行的調查。事實上，我從來沒有懷疑過您。」

「無所謂。那你得到什麼結論？我星期五白天出勤，只值勤到傍晚，星期六休假。換句話說，我沒有不在場證明。」

「您說得沒錯。但正如我剛才說的，我並不在意您的不在場證明。我懷疑的是，您認識殺害園子小姐的凶手，而且袒護凶手。」

「唯一的家人被殺，我卻袒護那個兇手？」

「雖然很難想像，但畢竟人們有時候會呈現複雜的思考形態。」

「沒那回事，至少這件事並非如此。」

「還有另一種可能，」加賀的神情變得十分嚴肅，「那就是您沒有袒護兇手的意思，卻又不希望兇手遭到警方逮捕。」

康正正色回視刑警。當然，加賀深知這才是最接近事實的答案。

「不過，這個假設要成立，需要先決條件。」

「什麼條件？」

「您對兇手有某種程度的瞭解。我想您應該很清楚，個人進行的調查是有限度的。」

康正以指尖敲了敲盤腿而坐的膝蓋。

「你都做了這麼深入的推理，練馬警署卻不採取行動？」

「這是我的推理，」刑警撇下嘴角，「向上司報告過，但沒有獲得贊同。上司認為您不可能說謊。若是門扣上了鍊條，除了自殺別無可能。以自殺來處理，也不會有人說話。」他嘆了一口氣，唇畔露出笑意。「而且，他們現下比較在意轄區內發生的粉領族連環命案。」

「我能理解。」

「我再請教您一次，」加賀轉向門，指著被剪斷的門鍊說：「當初您來的時候，門沒有扣上鍊條——是吧？」

「不，」康正搖搖頭，「門鍊扣著。我是剪斷門鍊才進來的。」

加賀抓抓後腦勺。

「您是在當天下午六點左右報警。您說發現遺體後立刻打電話，我們卻有一份奇特的證詞。在附近的補習班上課的小學生，下午五點看到您的車停在那裡。這一小時的空檔，您在做什麼？」

車子被看到了？——康正暗自嘖舌。當時他沒有想到這麼多，也不認爲會有刑警去調查這種事。當然，加賀可能是料準了康正一定更早抵達現場，才會去找證詞來證明他的推論吧。

「那不是我的車吧。」

「可是，那個孩子連車種都記得很清楚。」

「我開的是國產車，滿街都是的那種。再說，總不會連車牌也記得吧？如果記得，你把那孩子帶來，我可以跟他對質。」

聽康正這麼說，加賀苦笑。看到他這樣，康正也笑了。「接下來你要出什麼牌？」

「那麼，這個如何——您說看到門扣上了鍊條，便大聲呼喚屋內的令妹。然而，這幢公寓沒有人聽到您的叫喊聲。當天同一層樓，明明有那麼多人都在家。這一點您怎麼解釋？」

康正聳聳肩。「我自以爲是大喊，實際上並非如此——大概就是這樣吧。」
「您出聲喊，是爲了要讓屋裡的人聽見吧？聲音有可能很小嗎？」
「這我就不知道了，畢竟我當時心思都放在妹妹身上。」
加賀像演員般做出舉起雙手的姿勢，又到處走了一會。地板嘎吱作響。
「和泉先生，」他停下腳步，「請把找出凶手的工作交給警方，裁決凶手的工作交給法庭吧！」
「明明就是自殺，哪來的凶手？」
「一個人能做的事很有限。您對凶手或許有些頭緒，但接下來的工作才是最難的。」
「你剛才不也說過嗎？雖然我是這副德性，卻是從物證拼湊出假設的專家。」
「光憑假設是無法逮捕凶手的。」
「不需要逮捕，只要有假設就夠了。」
加賀一臉吃了黃蓮的神情。
「讓我告訴您家父的口頭禪——無謂的復仇有赤穗浪士就夠了。」
「他們幹的事不是復仇，是表演。倒是你，」康正板起面孔，「你來這裡想確認的，只有羽球拍的握把而已嗎？」
「不，我還沒開始確認。」
「那就請你趕緊確認吧。我還想知道你作爲交換條件的情報。」

「我一邊確認一邊說明吧。不好意思，可以請您看看電視機下方嗎？」

「電視機下方？」

電視機放在茶褐色的小架子上。架子裡還有錄影機。架子有兩層，下面那一層整齊地擺著錄影帶。「那些全是ＶＨＳ錄影帶嗎？」加賀詢問錄影帶的種類。

「好像是。這也是當然的，因爲用的是ＶＨＳ錄影機啊。就算有其他卡帶也……」康正看著架子下面說，隨即發現自己的錯誤。「不，不對，不是卡帶。這是八釐米攝影機的帶子。」他拿出來的是一組還沒拆封的八釐米錄影帶。一組有兩卷，都是一小時的帶子。

「失禮了。」加賀拿起那組帶子細看，滿意地點點頭。「果然如我所料。」

「這又怎麼了？」

「您見過住在隔壁的人了嗎？」

這個唐突的問題令康正略感困惑。

「沒有，還沒見過。」

「隔壁住著一位自由女作家，與園子小姐不算特別熟，但據說見了面經常會站著聊上幾句。」

「那名女子怎麼說？」

「令妹在身亡的兩天前，向她借過攝影機，八釐米攝影機。」

由於「攝影機」這個物品不在預期之內，康正花了幾秒才意識到那是什麼東西。

「她借來做什麼？」

「據說是婚宴上要用的。鄰居因爲有採訪的需求，買了攝影機。說好星期六借令妹，到了星期五，令妹卻說不用了。」

婚宴肯定是幌子。那麼，借攝影機要做什麼？爲什麼又不用了？

「會不會是想拍什麼啊？」康正喃喃地說。

「若您想知道更詳細的內容，就去向隔壁鄰居請教吧。她今天好像在家。」

「你還有別的事要查嗎？」

「今天就到此爲止。」加賀在玄關穿鞋。「您下次什麼時候來？」

「還不知道。」

「後天嗎？」加賀說。「明天輪到您負責交通取締，直到後天早上。我在想，您大概下班就會過來吧。」

康正瞪著他，他說聲「告辭了」便離去。

4

還有一點時間，康正決定再次搜索園子的住處，希望能找出笹本明世所說的備份鑰匙。根據她的說法，應該還有一把才對。

連小盒子、洗臉台的抽屜都找過了，依舊沒有找到鑰匙，但康正有另一項發現。

書架中段有個陶瓷小丑人偶，人偶的頭可以摘下。摘下之後裡面是筆筒，插滿了原子筆、自動鉛筆、簽字筆、鋼筆等。康正抽出自動鉛筆，裝有筆芯。他又拿了兩、三支筆來看，每一支都是可以寫的。於是他才明白為什麼屋裡幾乎看不到筆。

然而，康正內心同時產生了新的疑問。這麼一來，無法解釋記事本附的鉛筆為何會在桌上。他原本認為是園子本人用那支鉛筆，在貓咪週曆背面寫了東西，但為什麼要特地拿不好寫的記事本鉛筆來用呢？只要一伸手，就能搆到小丑筆筒。記事本收在包包裡，所以不可能只有鉛筆剛好放在外面。

這麼一來——

用過鉛筆的人不是園子，而是凶手。凶手想找筆卻找不到，才會用包包裡記事本附的那支鉛筆。用鉛筆來做什麼？推理至此，他又想起週曆。他認為那張週曆背後一定寫了什麼。但如此一來，又出現為何要燒掉的疑問。

簡直就像打地鼠——康正想起遊樂中心的機台。打掉一個疑問，其他難題又紛紛從別的洞穴冒出來。

康正背靠著床而坐，把自己的包包拉過來，取出一個塑膠袋。袋裡有一把鑰匙。那是發現園子的遺體時，丟在信箱裡的鑰匙。

殺害園子的凶手肯定是用備份鑰匙開門的。問題在於，凶手用的是否就是這把鑰匙。在此之前，康正一直以為凶手用的是這把鑰匙，所以想不通凶手的目的何在。

然而，如果還有一把鑰匙，事情就不同了。凶手把自己用過的鑰匙帶走才合理。換句話說，信箱裡的備份鑰匙另有緣由。

但康正仍無法釋懷。就算把鑰匙放進信箱的是園子，她又爲什麼要這麼做？時間差不多了，康正非走不可。他把新的疑點寫在記事本內，離開公寓。

隔壁二一四號室沒有掛名牌，園子的住處也沒有，對獨居於大都會的女性而言，這可能是很正常的做法。

一按門鈴，門縫很快露出一張臉，是個看來年輕、皮膚卻不怎麼好的女子。她似乎脂粉未施，燙過的長髮以髮箍固定。

一聽康正自報姓名，她便放下了戒心。表達慰問之情的那張臉頗爲清秀。

康正表示，聽聞妹妹曾想和她借攝影機，問她可否告知詳情。身爲自由作家的她，先關上門，解開門鍊，才又開門。她穿著有貓咪圖樣的水藍色毛衣。康正心想，年輕女子都喜歡貓啊。

「詳情其實就是那樣而已，況且到頭來她也沒借走。」

「關於這件事，她爲什麼又不借了，可以告訴我嗎？」

「她沒說耶。」

「這樣啊。」康正心想，所以加賀才覺得奇怪嗎？「不好意思，好像給您添了不少麻煩。刑警也來過吧？」

「嗯，一次而已。不過，不會麻煩，請別放在心上。倒是令妹自殺的原因，到現在還不知道嗎？」

「嗯，是啊。」加賀似乎是以此為由來問話的。「據說您有時會與舍妹聊上幾句，都談些什麼呢？」

「很多耶，但都是一些微不足道的小事。」她微笑著說。

「比如貓？」康正指著她的毛衣。

「嗯，比如貓，因為我們全家都愛貓。這棟公寓規定不能養寵物，所以我和她經常抱怨。不過令妹大概比我更愛貓吧，還隨身帶著照片。」

「貓的照片嗎？」

「嗯。不過，嚴格說起來，是張貓畫像的照片。她說屋裡掛著兩幅很棒的貓咪油畫，不過她希望隨時都能看到，便拍了照，夾在記事本裡。」

「哦……」康正含糊地點頭，但他並沒有看過對方說的畫或照片。

說到畫，康正立刻想到佃潤一。那兩幅畫會不會就是潤一畫的？接著，他又想起燒剩的照片。那會不會就是拍了油畫的照片？

「啊，不好意思，光扯這些無關緊要的事。」她似乎將康正的沉鬱做了另一番解釋。

「我也希望能提供一些有用的資訊……可是就連我上次跟刑警說的，也都是些不太確定的事。」她同情地說。

這句話引起了康正的注意。「除了攝影機之外，您還向警方說了別的事嗎？」

「嗯，刑警沒告訴您？」

「沒有。是什麼事呢？」

「我眞的不是很確定。」她先聲明。「我記得星期五晚上，聽到有人說話的聲音。」

康正不禁「咦」了一聲。「您說的星期五，是指發現舍妹遺體前的星期五吧？是幾點左右呢？」

「應該還不到十二點，不過我沒什麼把握。」

「您聽到的是舍妹的聲音？」

「這我就不敢說了……不過，確實是男人和女人的聲音。」

「男人和女人……」若女方是園子，男方除了佃潤一之外，不會有別人了。「最後聽到那聲音是在什麼時候？」

「對不起，我當時正在工作，沒注意這麼多……」

自由女作家顯得十分過意不去，但這可說是相當大的收穫了。

接著，她又說：

「星期六的事，刑警也沒告訴您嗎？」

「星期六的事？什麼事？」

「其實我也沒什麼把握。」她回答，看來是個健談的人。

「我覺得星期六白天，有人出入隔壁那一戶。」

「星期六嗎？」康正不自覺地提高音量。「怎麼會……」

「嗯，所以才會覺得是我聽錯了。」

「您有聽到什麼聲響嗎？」

「對。這裡的牆壁很薄，聽得滿清楚的。不過，那也不一定是令妹的住處，可能是斜上方或是下方傳來的。我聽到有人按門鈴。」這位自由女作家慎重地說。康正看得出她其實並不像剛剛說得那麼沒把握。只不過，她不願意別人把自己的話看得太重要。

康正道了謝，便離開公寓。他在前往車站的路上尋思：加賀是爲了讓他知道這些，才叫他去找隔壁鄰居的嗎？

5

本間股長帶來一個穿黑色運動皮夾克的年輕人。這個人一臉不耐煩，康正面無表情地迎接他。

本間遞過來的文件上，貼著一小張載明時間與車速的紀錄紙，上面以食指蓋了騎縫章，旁邊簽了名。本間花了不少時間才讓他簽名蓋章，康正在箱形車裡都看到了。

「請出示駕照。」他對年輕人說。

年輕人以賭氣的態度，連同咖啡色證件夾一起交出來。

康正準備在罰款單上塡寫必要事項的時候，一如預期，年輕人終於開口。

「我跟那個警察說過了，我沒開那麼快。」

紀錄紙上印著時速七十四公里。他們執行取締的路段限速爲五十公里。

「就是有，才會像這樣被記錄下來。」康正指著紀錄紙說。

「我聽說那個不太準。」

「那個」指的好像是雷達測速器。

「哦，是嗎？怎麼個不準法？」

「他們說因爲測量的角度和距離什麼的，會得到不一樣的數據。」

「『他們』是哪些人？」

「他們……大家都這麼說啊。」

「我們警察是依照一定的程序，在一定的條件之下測量的。對於機器的維修調整，也從來沒有疏忽過。如果你對機器有所懷疑，不妨申請法院判決。有時候就是會有這樣的人。不過，我可以透露一則很有用的訊息。」康正對年輕人微笑。「我們這次所使用的測速器是『日本無線』的產品，到目前爲止上法院一次都沒輸過，也就是說，它是無敵的冠軍。怎麼樣？你要向冠軍挑戰嗎？」

年輕人顯得有些洩氣，仍不願認輸，接著說：

「不是有執照才能操作雷達嗎？」他撇過頭，低聲抱怨。違規的人通常不會看著警察說話。

「是啊。」

「你有嗎？」

他可能是在汽車雜誌上看過「被交警抓到違規超速時如何應變」之類的文章吧。最近經常有不肖人士專門來找碴。

「一起行動的人當中，只要有一個人具有執照就可以了，不必人人都有。不過，讓你看看也不會少一塊肉。」康正取出警察手冊，向年輕人出示夾在中間的雷達執照。「以前雷達執照確實很難考，但現在每個警察都能輕易取得。爲了使用警察無線電，本來警察就必須考無線執照，如今有無線執照的人，只要參加講習就能拿到雷達執照了。」

「什麼嘛！太隨便了吧！」

「這就表示機器的性能進步神速啊。還有問題嗎？」

年輕人歪歪嘴，沒再說什麼。

年底取締車輛超速不是一件令人愉快的工作，康正總覺得像是在刁難爲了生計而不得不趕路的人。年關在即，每個人都會不由自主地踩緊油門，連平常對超速注意防範的人，也常會不小心衝過頭。正因如此，更容易發生車禍，而取締超速便是爲了防止車禍的發生。道理雖然沒錯，但被取締的人可不這麼想。若是遇上一些牙尖嘴利的駕駛人，還會對康正他們說：「你們是打算趁年底大撈一筆，進貢國庫嗎？」甚至有人問：「我們繳的罰款有幾成會進你們的口袋？」康正只能苦笑，不予理會。

康正給穿運動皮夾克的年輕人開了罰單，才剛交給他繳款單，本間又帶了下一個違規駕駛來。這回是一臉氣呼呼的中年胖太太。康正暗自嘆了一口氣。

「油畫嗎？」坂口巡查一臉意外。「不知道耶，我完全不懂藝術。」他握著方向盤，歪了一下頭。

取締超速的工作已結束，他們正在返回警署途中。下午三點到五點處理了二十二件違規。不愧是寬敞筆直的國道一號，違規車輛果然很多。

「咦，你對油畫有興趣啊？」田坂從後座發話。他今天負責測速。今天的陽光很強，只是在道路旁測量車子的速度，鼻頭就曬紅了。

取締超速的工作通常是四人一組來執行。首先，由負責測速的人找出違規車輛。測速的人以無線電通知後，負責攔截的人便上路攔下違規車輛。這項工作攸關性命，而這類危險的工作照例由年資最淺的負責，所以在這組人馬當中，由坂口進行攔截，再將違規司機交給負責記錄的人。記錄的人以無線電和測速的人通話，瞭解事情的前後關係後，再將違規者交給負責偵訊的人。違規的駕駛人往往不會老實承認自己的錯誤，因此偵訊可說是最麻煩的工作，必須時而威嚇時而安撫，多管齊下，說服一心想推卸責任的駕駛人。身爲組長的本間似乎認爲，康正是最適任的人選。

「我對油畫沒興趣，只是想瞭解一下。」

「你想瞭解什麼？」

「是有點奇怪的問題啦，就是畫一幅油畫，大概要花多少時間？」

「這問題還眞特別。」田坂笑了。「看畫的是什麼吧。」

「畫花。說得更詳細一點，是畫蝴蝶蘭。」

「蝴蝶蘭？」

「那是好花。」田坂身邊的本間說。「是想參加蝴蝶蘭寫生大賽嗎？」

「不，不是的。我只是好奇，如果要畫，需要多少時間……」

「也要看畫的大小吧。」田坂說。「還有，畫得多仔細也有差。」

「畫得還算仔細，差不多這麼大。」說著，康正雙手比劃出一個比自己的肩寬再大一點的範圍。

「不知道耶。」

「之前我在電視上看到有個外國人，才一小時就畫出有山和森林的風景畫，而且畫得很好。」自稱對藝術一竅不通的坂口說。

「哦，那個節目我也看過。」本間在後面說。「不過，那種風景畫其實畫起來比較簡單吧？山、森林之類的畫法，好像都有固定的模式。如果是要對蝴蝶蘭這種特別的花寫生，兩、三個小時大概跑不掉吧。」

「我也這麼想。」田坂附和上司的話，然後問康正：「你問這個幹什麼？」

「小說裡提到的。」康正回答。「推理小說的詭計用到這個。犯案時間凶手在另一個地方畫畫。」

「搞半天，原來是推理小說啊。」

不光是田坂，其他人也失去了興趣。當警察的通常不看推理小說，多半是因為他們知道現實中不可能發生小說描寫的那些案件吧。發生凶案雖然是家常便飯，但沒有時刻表詭計，沒有密室，也沒有死前留言。案發現場不會是孤島也不會是夢幻洋樓，而是充滿生活感的廉價公寓和路邊。至於動機，絕大多數的情況都是「一時衝動」。這才是現實。

然而，這次的「那個」絕對是不在場證明的詭計，錯不了——康正這麼認為。所謂的「那個」，指的是佃潤一聲稱晚上九點半到半夜一點他在作畫這件事。住在園子隔壁的女子說，星期五晚上十二點前，她曾聽到男女的對話聲。所謂的男子，除了佃潤一之外，不可能有第二個人。

康正絞盡腦汁，希望能抓住佃的狐狸尾巴。在他心中，那個文弱書生是殺害園子凶手的機率，已接近百分之百。

康正一回到自己的位子，就看到桌上有一張字條。

「四點左右，弓場女士來電。0564-66-×××」

看到「弓場」，他還以為是弓場佳世子，但那顯然是愛知縣內的電話號碼。這麼說，就是弓場佳世子老家那裡打來了。康正立刻拿起電話。

電話是佳世子的母親接的。康正報上姓名，便聽到她惶恐的聲音：

「我不知道您府上的電話，聽佳世子說，和泉小姐的哥哥在豐橋警署服務，所以我就打到這裡來了。」她母親似乎爲打電話到工作場所一事感到十分抱歉。

「請問有什麼急事嗎？」他問。

「不是的，說不上是急事，只是不知道該請教誰，所以明知會造成您的困擾，還是打來了。」

「是什麼事呢？」康正有點不耐煩。

「嗯，是這樣的，該怎麼說，令妹的事……都處理完畢了嗎？」

「您說的處理是指？」

「就是，那個……是自殺……沒錯吧？像是自殺的原因，還有其他的事情，都完全釐清了嗎？」

康正完全沒料到會從弓場佳世子的母親嘴裡聽到這些話。

「哦，還不到完全釐清的地步……」他含糊其詞，「呃，請問，您爲何要問這些呢？」

「噢，其實……」佳世子的母親猶豫了好一會，才說：「昨天我女兒學生時代的朋友打電話來。那是她大學時代的朋友，現下住在埼玉縣。」

「那個人怎麼了？」

「說是前幾天有警察去找她，問了很多和泉小姐的事。好像是因爲她跟和泉小姐讀同一所大學，刑警才去找她。她不知道和泉小姐自殺，是那位刑警說了她才知道，所以嚇了一大跳。」

康正料到她所說的刑警多半是加賀，卻想不通加賀怎會去找園子學生時代的朋友。

「然後，刑警問了她有關佳世子的事。」

「您是說，」康正應道：「刑警問她以前誰和舍妹比較要好，是嗎？」

「不是的，不是這樣問的。」

「那麼，刑警是怎麼問的呢？」

「問題很奇怪。她說，刑警給她看佳世子的照片，問她認不認識佳世子。」

「照片？」康正心想，會不會是從園子住處的相簿裡抽出來的？但他不記得曾同意警方使用。「是怎樣的照片？您問過那位朋友嗎？」

「那好像不是普通的照片。她解釋過，可是太複雜了，我聽不太懂，總之不是普通的照片。」

完全聽不懂她在說什麼。不是普通的照片，這是什麼意思？

「照片中的人是令嬡沒錯嗎？」

「是的。打電話給我的那位同學，大學畢業後只和我女兒見過一、兩次面，但她馬上就認出來了。她說，那張照片應該是大學時期拍的。」

弓場佳世子學生時代的照片——這種東西加賀是從哪裡弄到的？他又爲何會認爲這與園子的死有關？康正不由得焦躁起來。

「那位朋友和令嬡聯絡了嗎？」

「沒有，她不知道我女兒的電話號碼，所以才打到家裡來。我把女兒現在的電話號碼告訴她了，她可能已打去。」

「伯母打電話給令嬡了嗎？」

「昨晚打了。」

「令嬡怎麼說？」

「她說她不知道，也想不出爲什麼……可是我實在放心不下，想說或許您會知道……」

「所以打電話給我。」

「是的。」

康正總算瞭解她的意圖。但此刻康正也找不到答案。就算找得到，要不要告訴弓場佳世子的母親，又是另一回事了。

「我明白了。其實我並沒有告訴警方，令嬡是舍妹的朋友之一，因爲我想應該與令嬡無關，不希望造成她的困擾，但可能造成了反效果。我認識偵辦舍妹這件事的刑警，我先向他確認一下好了。可以請您告訴我，令嬡那位大學時代的朋友怎麼聯絡嗎？」

佳世子的母親留下電話號碼，以懇求的語氣說「那就麻煩您了」，結束這通電話。

既然加賀已察覺有弓場佳世子這個人，他就不能再慢吞吞了，因爲加賀遲早也會查出佃潤一。康正心想，必須在那之前逼得他們走投無路。

八點過後有個空檔，他拿起話筒。原本想打給弓場佳世子，略爲猶豫後，他決定先打給園子她們大學時代的那位朋友，一個名叫藤岡聰子的女子。

所幸是本人接的電話。要是其他人來接，得表明身分就很麻煩，因此康正鬆了一口氣。大學時代朋友的哥哥，多年後會爲什麼事打電話來?對方肯定會起疑。

康正一開頭就表示是接到弓場佳世子母親的電話，想瞭解詳情。

「詳情其實就是我和弓場伯母說的那些了。」聰子語畢，傳來幼兒的聲音。康正驀地想到，這或許是園子同學們現在最普遍的境況。

「您與弓場小姐聯絡了嗎?」

「昨晚她打電話來，所以我又跟她說了一遍。」

「弓場小姐怎麼說?」

「她說完全不知道是怎麼回事，好像不太在意的樣子。」

康正心想，她怎麼可能不在意?

「刑警給您看的，是怎樣的照片?」

「五、六張臉部特寫。」

「聽說不是一般的照片?」

「是啊。那大概是截取電視畫面，用印表機所印出來的。我丈夫有數位相機，印出來的照片正好就是那種感覺。」

難怪佳世子的母親會聽不懂。

「聽說照片是學生時代拍的？」

「對。因爲臉是當時的樣子。我三年前結婚時佳世子有來，她變得好成熟，也瘦多了。學生時代她是留長髮，屬於可愛型，比較不算美豔型。」

「刑警有提到那些照片是哪裡來的嗎？」

「沒有，只問和泉園子小姐的朋友中，有沒有這樣一名女子。」

「所以您就告訴他，那是弓場佳世子小姐。」

「對呀，不能說嗎？」

「哦，不會啊。」

接下來，藤岡聰子藉著慰問的話語，旁敲側擊地打探關於園子自殺的種種。康正心想，她大概是愛看八卦節目的那種人，敷衍幾句便掛斷電話。

結果康正沒有打電話給弓場佳世子。雖然想問佳世子，加賀是否去找過她、去了又問過什麼問題、加賀帶去的照片她有無頭緒，但康正不相信她會老實說。

不過，印出電視畫面的照片——

康正問在旁邊處理文件的坂口知不知道這種照片。因爲這個年輕人很懂機器。

「有一種叫錄影印表機的機器，」坂口立刻回答，「可以把錄影帶裡的畫面像照片一樣印出來，只是畫質比不上眞正的照片。」

「這倒是聽說過，不過最近不是用電腦也做得出來嗎？」

「是啊，但電腦一定要有讀取錄影帶的功能。先用電腦讀取畫面，再以彩色印表機列印就好了，是一樣的。」

「那數位相機呢？」

「錄影機拍的是動態影片，數位相機只能拍靜止影像。說起來，就和普通的相機一樣，不同的地方在於一個是存在底片裡，一個是用數位訊號來存而已。如果只是要印靜止的畫面，相機比較好用。用電腦讀取後，因爲已是數位訊號，誤差小，比較不會失眞。不過，現在數位攝影機也上市了。」

加賀持有的照片上，據說是學生時代的弓場佳世子，那就是將近十年前拍攝的。當時數位相機應該還不普及。

「要用電腦讀取影像，有沒有別的辦法？」

「有很多，最常用的是以掃瞄器掃瞄，如此一來，電腦立刻就能把照片或底片讀進去了。」

如果本來就有照片或底片，應該不會特地再去列印畫質不佳的照片。因此加賀持有的照片，還是以列印出錄影帶某個畫面的可能性比較高。

說到錄影帶，康正想起園子曾向隔壁的自由女作家借攝影機的事。這件事和加賀持有的照片有什麼關聯嗎？園子本來想用攝影機拍什麼——？

「你要買電腦嗎？」坂口頗感興趣地問。

「沒有，不是要買電腦，只是覺得如果能把錄影機拍攝的東西印出來就好了。」康正含糊應對。

「這樣還是電腦比較好用喔。讀取完影像，還能後製加工。」

「這我也常聽說，可是我又沒有要製作特效電影。」

康正的話讓坂口露出一絲苦笑。

「不是說用電腦來後製，就是要弄得像史帝芬·史匹柏或辛密克斯的電影那樣啦，只是能在照片上做一點花樣而已。好比，改變對比或色調，進行一些合成之類的。我就有朋友把自己的照片，和只拍了老婆孩子的照片合成起來，背景加上富士山，拿來印成賀年明信片。乍看之下好像大家一起去旅行呢。」

「想像哪個爸爸可能在做這種事情，實在令人感到悲哀啊。」康正說。「不過，那真的很方便。」

「把背景換成國外，還能炫耀一下。不過，或許心裡會更空虛就是了。」

「明明沒去過，卻裝成去過嗎？」康正摸摸下巴，「也能用來製造不在場證明。」

「又是推理小說嗎？」坂口不懷好意地笑了。「可是這很難吧！只要稍微懂一點電腦的人，都知道照片用電腦加工合成很簡單。至少在眞實的案件裡，不可能拿來當不在場證明吧。」

「也是。」

不在場證明，這幾個字卡在康正的腦海裡。佃潤一的不在場證明再次浮現。他的不在場證明與照片無關。

和佃潤一有關的不是照片，是油畫——

康正不禁想起，在佃潤一屋內看到的那幅精采的蝴蝶蘭畫。雖然不懂藝術，但他認爲佃潤一的畫功應該相當高明，因爲那幅畫把眞正的蝴蝶蘭之美表現得淋漓盡致。

康正不相信那樣的畫能即席完成，應該要先打草稿吧。光是如此，搞不好就得花上一個小時。

康正直覺想到的是，那是潤一事先畫好的。只是，送作家蝴蝶蘭當禮物，並不是他的主意。

再說，假設事先知道要送蝴蝶蘭好了——

就算是同品種的花，每一盆的樣貌也有所不同，不能保證買來的花和他事先畫好的一模一樣。不像的機率反而較高。若畫和實物差太多，肯定會引起佐藤幸廣那名證人的懷疑。

康正想來想去，只有盡快完成畫作這個辦法。但要怎麼做呢？

康正注視前方。牆邊的文件櫃上，擺著一盆鬱金香。盆栽簡陋，連假花都算不上，應該叫玩具才對。花盆的部分是存錢筒，上面貼著「交通安全」的貼紙，是推廣交通安全的活動上，發給兒童後剩下的。

康正試著想像畫出這盆鬱金香的作品。雖然他不擅長繪畫，但看著實物想像成油畫倒是很簡單。

慢著——

他的腦海浮現了一個想法，雖然不怎麼具體，卻開啟了一個新方向。而觸發這項突破的，正是他與坂口的對話。

「我還有一件關於電腦的事想問你。」

後進微微一笑，聽到康正這句話他似乎有些意外。

第五章

1

佃潤一住的那幢位於中目黑的高級公寓，與上次一樣，居高臨下地漠然俯視著康正。他心想，簡直像看穿了我是鄉下來的土包子警察。

走到氣派的正面玄關前，康正看了看手表，現在是下午五點多。原本想早點來，但值大夜班後，體力有點吃不消。他工作到今天早上，睡了四個小時，就搭新幹線來東京。

康正想過了，由於是星期六，一般上班族應該不必去公司，但他不知道出版社算不算一般公司。他沒有事先聯絡，佃不見得在家。

他在保全設備周全的入口處，按了佃的住處號碼，左等右等都沒有回應。

康正眺望信箱。七〇二號室的信箱上寫著「佐藤幸廣」這個名字。他再次面向鍵盤，按下「七〇二」。

對講機傳來一聲愛理不理的「喂」。

「請問是佐藤先生嗎？我是上次在佃先生那裡和您見過面的警察，有點事想向您確認，方便說話嗎？」

「哦，是那時候的刑警。我現在就開門，需要我下去嗎？」

「不了，我上去找您。」

「好，那請上來吧。」話聲一落，門鎖同時解除。

在七〇二號室迎接康正的佐藤幸廣，穿著一身黃色的運動裝，上衣是連帽的款式。鬍子沒刮，屋內也凌亂不堪，電視上正播著烹飪節目。

「今天休假嗎？」康正站在玄關問。就算脫鞋進屋，看來也沒有地方可坐。

「週六、週日可以選一天休，我是明天上班。」佐藤一邊說，一邊在滿地雜誌堆中找尋空隙落腳。那些雜誌全與烹飪有關。雖然外表看不出來，或許他是個很用功的人。

「呃，您要喝咖啡還是紅茶？」

「不用了，我不會待太久。」

「是嗎？那不好意思，我就準備我自己的。」佐藤從冰箱裡拿出礦泉水瓶，用熱水壺煮水。「欸，這眞的是在調查殺人命案嗎？佃都不肯說清楚。」

「的確是死了人，但目前沒辦法說是什麼狀況。」

「哦。佃跟這件事有關？」

「這就不清楚了。」康正做出偏頭不解的樣子。

「我知道啦。即使那個人看起來和案子根本沒什麼關係，刑警還是得去問話，對不對？像是我朋友，只是不巧在有人交易毒品的店裡喝冰咖啡，就被刑警糾纏了好幾天，甚至夢到那個刑警。不過想一想，警察也是很累。要死纏著一個人是很耗體力和精神的，而且會被人討厭，被人在背後罵王八蛋、禿子什麼的，眞可憐。」

「感謝您的體諒。我可以開始提問了嗎？」

「啊，請說。我話太多了。」佐藤著手準備泡紅茶。

「想再請教一下當晚的事。您說半夜一點去了佃先生那裡，時間是正確的嗎？」

「如果要問是不是一點整，我很難保證。不過我想大概是一點左右，因為我下班回來差不多都是那個時間。」

「這是您平常的習慣嗎？也就是說，不會早很多或是晚很多？」

「絕對不會提早下班，因為我們店裡打烊的時間是固定的。晚也不會太晚，畢竟趕不上最後一班電車就慘了。」

所以，他是為佃潤一做不在場證明的最佳人選？

「您送披薩到佃先生那裡，然後聊了一下。」

「是啊，他拿啤酒出來，我們就邊喝邊聊。」

「也聊到了畫？」

「哦，您是說那幅畫吧，很漂亮。」

「畫得和實物一模一樣？」

「對對對。」

「當時畫放在哪裡？」

「哪裡？就平常那裡啊。窗邊架著類似三角架的東西，就放在上面。」

「您進了屋裡嗎？」

「沒有，我沒進去，就坐在玄關的台階上。」
「就這樣聊了一個小時？」
「嗯，對啊，而且他的屋裡鋪了報紙。」
「報紙？爲什麼？」
「應該是怕畫畫的時候顏料弄髒四周吧？」
「原來如此。」康正點點頭。佐藤這幾句話，解開了好幾個疑問。
佐藤泡了紅茶，飄散出香料的味道。
「當時佃先生有沒有什麼奇怪的地方？像是講話心不在焉、特別在意時間等等。」
「好難回答啊。平常聊天沒有人會注意這些。」佐藤幸廣把鮮花圖案的茶杯端到嘴邊，啜了一口，低喃「有點澀」，然後對康正說：「對了，有人打電話來。」
「電話？」
「我那時候想，都半夜了會有什麼事？而且他刻意壓低聲音，講得很小聲。他沒說是誰打來的，不過因爲那通電話，我就離開了。」
「這麼說，那是將近兩點的事？」
「差不多。」
「您聽得出是什麼人打來的嗎？例如女人。」
「不知道耶，我沒有偷聽別人通話的興趣。」佐藤站著，又喝起紅茶。「刑警先生，我跟您講的這些事，可以告訴他嗎？」

「可以。」

「那麼，等他洗清嫌疑以後，拿來當話題吧。」

如果洗得清的話——康正吞下這句話，向佐藤道謝後離開。

電梯正好上樓。他站在電梯門前等，門一開，佃潤一走了出來。

康正吃了一驚，對方更是嚇一大跳。只見他眼睛頓時瞪得好大，彷彿看到鬼，隨即又罩上一層厭惡的神色。

「遇到您正好。」康正笑著對他說。

「你在這裡做什麼？」佃潤一看也不看他，舉步就走。

「我是來找您的，不巧您好像不在，就先去找佐藤先生。您上哪去了？」

「我去哪裡關你什麼事？」

「可以稍微談談嗎？」

「我和你無話可說。」

「不過我有。」康正快步追上佃潤一，「好比，不在場證明之類的事情。」

這句話讓佃停下腳步。他轉向康正，長長的劉海掉了下來。年輕人撩起劉海，挑釁地瞪著他。

「我不明白你在說什麼。」

「所以我才說要和您談談。」康正正面迎向佃的視線。

佃潤一揚起一邊眉毛，從口袋裡取出鑰匙，插進身旁門上的鑰匙孔。

屋內很暗，窗外已是一片夜色。佃潤一按下牆上的開關，日光燈照亮四周。蝴蝶蘭的畫和上次一樣，放在畫架上。

「可以進去打擾嗎？」

「在那之前，」佃潤一站在康正的面前，伸出右手說：「請讓我看你的警察手冊。」

面對出乎意料的反擊，康正有些錯愕。爲了調整情緒，也爲了尋思對方的意圖，他把佃潤一從頭到腳仔細地打量一番。

「拿不出來是嗎？」佃激動得鼻孔都脹大了。「你應該有帶吧，警察手冊。不過是愛知縣而不是警視廳的，所以才不敢拿出來嗎？」

原來是這麼一回事——康正明白了，同時心境上也從容許多。

「是聽弓場佳世子說的嗎？」他動了動一邊的臉頰，冷冷地笑了。

佃一副自尊受創的模樣，「請不要直呼她的全名。」

「要是讓你感到不舒服，我道歉。」康正脫了鞋，走進屋內。推開佃徑直來到裡面，他低頭看蝴蝶蘭的畫。「畫得眞好，眞了不起啊。」

「你謊稱是刑警，有什麼企圖？」

「不行嗎？」

「說謊當然不是好事。」

「哪裡不好？你是想說，要是知道我是園子的哥哥，你就不會見我了，是嗎？」

「我不是這個意思。我是問你，爲什麼來找我問話，非謊稱是刑警不可？」

「被刑警問不在場證明和被受害者的哥哥問，哪一種比較好？我可是爲你著想才這麼做的。」

「和泉先生……」佃潤一在地毯上坐下來，又抓起頭髮。「我很同情園子小姐，也十分理解你的心情。不過請你丟掉那些可笑的妄想，不管是我，還是佳世子小姐，都和此事毫無關係。」

「佳世子小姐，是嗎？」康正雙手交抱胸前，往窗框上一靠。「的確，每個男人都會選她吧。時髦，身材好，穿著打扮又有品味，而且是個美人。園子只有身高贏過別人，但她駝背，肩膀寬，不夠豐滿，當然也不是美人。再加上，」他以右手姆指往自己背後一指，「背上還有個星形的燙傷疤痕。」

聽到最後一句話，佃潤一大感意外似地揚了揚眉。看來，這個年輕人不曉得那道星形傷疤是康正惹的禍。

「我沒有把她們拿來比較。」

「誰會相信這種話？自從園子向你介紹弓場佳世子後，你肯定就拿她們來比較了。還是，你一看到弓場佳世子，就把園子拋到九霄雲外去了？」

「我想你應該聽佳世子小姐說過，我是和園子小姐分手之後，才和她交往。」佃潤一回答。

康正望著佃潤一激動辯解的嘴角，突然湊過來，問道：

「你們是這樣說好的？」

「說好？」

「我是問你，你和弓場佳世子是這樣套好話的，是不是？」

「沒這回事，我說的是事實。」

「你就別再扯謊了。」康正站起來。「你說你和園子的死無關，那爲什麼你的頭髮會掉在她的住處？請你解釋一下吧。」

「頭髮？」佃的視線不安地游移。

「想必你已聽弓場佳世子說過，她的頭髮也掉在那裡。她的說法是，她星期三去找過園子，頭髮應該是那時候掉的。現在來聽聽你的說法。」

「頭髮……」佃露出思索的神情，微微搖頭。「是嗎？頭髮啊。所以你才會懷疑我們。」

「我懷疑你們最大的原因，是你們有動機。」

「我們才沒有動機。我又沒有和園子小姐結婚。」

「就算沒有結婚，也可能有什麼隱情讓你不能輕易拋棄她。好比，園子懷過你的孩子，你對她說先拿掉，將來一定會娶她，在那之前先忍耐，而她相信了你——假如發生過這種事呢？」

佃從鼻子哼了一聲，「又不是灑狗血的電視劇。」

「現實往往比電視劇更灑狗血、更不堪。人命也比小說、電視裡描寫的更不值錢。之前發生過一起卡車司機撞死孩童的車禍，孩童當場死亡，司機也因爲撞上牆重傷。那司機的老婆竟抱怨，既然不能工作，不如乾脆死掉算了，還比較省事。」

「我沒有殺人。」

「廢話就不用再說了，快解釋一下你的頭髮爲什麼會掉落在現場啊。」

佃低著頭，萬般沉重似地開口。

「星期一。」

「星期一怎麼樣？」

「我……」他吐出一口氣，「去過園子小姐那裡。」

康正朝旁邊張大了嘴，做出無聲的笑臉。

「弓場佳世子是星期三，你是星期一嗎？太妙了。」

「可是，這是眞的。」

「你和園子不是早就分手了嗎？爲什麼過了這麼久才去找已分手的女人？」

「是她叫我去的，要我把畫拿走。」

「畫？什麼畫？」

「貓的畫。以前我送她的，一共兩張。」

園子鄰居那名女子的話，在康正的記憶中復甦。她說園子住處有兩幅畫了貓的油畫。

「事到如今，園子爲什麼突然提起這件事？」

「她說她一直很在意。她喜歡貓，可是一想到那是前男友的畫就覺得不舒服，但又不想像海報一樣隨手丟掉，所以想還給我。」

「虧你想得出這種藉口，我實在服了你。」

「你不肯相信就算了。想跟警察說就儘管去吧。」佃潤一像在鬧脾氣，將雙手揹在背後。他會搬出「警察」一詞，大概是料定了康正無意報警。

「園子隔壁住著一名女子，是個自由作家，你知道嗎？」

「不知道。」

「據她所說，園子死亡當晚的十二點前，她聽到男女的對話聲。女方大概是園子吧。依時間來推算，她應該已被下了安眠藥，就快睡著。那麼，男方是誰？如果接下來動作快一點，要在半夜一點回到這裡也不無可能。」

「十二點前，」佃潤一摩挲脖子，「我在畫畫，就像我上次說的一樣。」

「是這幅畫嗎？」康正指著蝴蝶蘭的畫。

「是的。」
「不對。」
「有什麼不對？」
「你是後來才畫的。那天晚上你沒有畫。」
「佐藤是證人，難道他也說謊嗎？」
「不，他沒有說謊。他是個好青年，」康正點點頭，說道：「只不過觀察力有點差。」
「眞不知道你是什麼意思。」
康正站起來，做一個掃過整片地板的動作。
「那天晚上，你在這裡鋪了報紙，說是爲了避免顏料弄髒地板，但這不是眞正的理由。你是爲了避免佐藤進屋。」康正看著佃潤一別過視線，繼續說：「爲什麼不能讓他進來呢？其實讓他進來也無所謂，但你怕他會靠過來看畫。要是靠近一看，」他站到書桌前，「就會發現畫那幅畫的不是你，而是這玩意。」
康正的手就放在電腦螢幕上。
佃潤一的嘴角歪曲，「你是說叫電腦畫油畫嗎？」
「畫看起來像油畫的東西。」康正環視屋內。「你有數位相機吧？或者攝影機也可以。」

佃不作聲了。

康正再度來到畫前。

「那天晚上，你就是用那種相機或攝影機，拍了帶回來的蝴蝶蘭。大概就是用這幅畫的角度拍的，然後你再用電腦讀取，進行加工。我打電話到你以前工作的設計事務所『計畫美術』，請教他們是否能用電腦把照片加工得像油畫一樣，答案當然是可以。那家事務所說，他們從十年前就這麼做了。於是我又問，以前在貴事務所服務的佃先生，有沒有這方面的技術。事務所的人說『這對他來說易如反掌』。換句話說，你把材料給了電腦，叫電腦做事之後，就離開這裡去找園子。當你忙完一陣回來的時候，一幅模擬油畫已列印出來。接著，你只要把印出來的東西貼在畫布上，等好心的佐藤送披薩來就行了。順利騙過他，再花時間慢慢臨摹電腦製作出來的模擬油畫，畫出一幅眞正的油畫。」康正往佃的面前一站，俯視著他。「怎麼樣？我的推理能力不錯吧？」

「證據呢？」佃潤一問。「你有證據證明我用了這種伎倆嗎？」

「你剛才不是看出我是個假刑警嗎？假刑警是不需要證據的。」

「也就是說，我說再多也是白費力氣。」佃潤一也站起來。「你的腦海已編出我殺害園子小姐的故事，無論什麼事實，你都會加以扭曲，好套進你的故事。既然這樣，我只能說，你愛怎麼編就怎麼編吧。愛怎麼想是你的事。你要沉浸在想像中，繼續恨我也無妨。不過我要告訴你，」他瞪著康正說：「你的想像是錯的。事實非常單純，你的妹妹是自己選擇死亡的。」

康正做出笑臉，隨即恢復正色，右手一把抓住眼前這個年輕人的領口。

「我告訴你一件好事。我有百分之九十九的信心，是你殺了園子。就因爲缺那百分之一，我只能這樣安分地跟你說人話。等我掌握到剩下的百分之一，你就等著瞧吧！」

「你弄錯的機率是百分之百。」佃潤一揮開康正的手。「請你出去。」

「好期待下次見面啊！當然，不會讓你等太久的。」

康正穿了鞋，轉身離開。佃潤一粗暴地關上門，連上鎖聲也特別響亮。

2

康正來到澀谷，取出寄物櫃裡的行李，搭上山手線電車。由於是星期六，年輕人特別多，但上班族也不少，看來是被迫在假日上班。康正身旁有個戴眼鏡的男子，拿著手機小聲說話。每個人似乎都在趕時間，不知是這裡的特性，還是因爲正值年底，或者純粹是自己的心理因素，康正無從判斷。

他回想與佃潤一的對話。由於佃沒有反駁，可見不在場證明的詭計被他說中了。就像康正當場說的，他不需要證據。

至於是否掌握了眞相，康正就不能不愼重了。還有好幾個待解決的疑問。只要逼佃招供就行了，但要這麼做，他手上的材料太少。

還是應該從弓場佳世子那邊下手嗎——？

康正想起那張端正的小臉。就算是佃單獨犯下命案，佳世子也不可能什麼都不知道。證據就是，他們顯然討論過康正私底下進行調查這件事。

該從那女人著手嗎？正當康正如此思索的時候，感覺到右方有道視線。康正保持手拉吊環的動作，直接轉頭去看。

加賀就站在車門邊。他拿著週刊雜誌，但沒有遮臉的意思。不僅不遮，視線一和康正對上，竟露出笑容。那笑容燦爛得恐怕會迷倒一大票女子。

電車抵達池袋，康正要下車，加賀當然也下車了。

「你從什麼時候開始跟蹤我的？」康正一面走下月台的樓梯一面問。

「我沒有跟蹤您的意思，只是剛好看見，回去的方向又相同。」

「我就是在問你，你什麼時候看到我的。」

「這個嘛，您說呢？」

康正是從東京車站直接前往佃住的公寓。加賀不太可能在這段時間看到他。

康正在柱子旁停下來。「從中目黑嗎？」

「答對了。」加賀豎起大姆指。「我跟蹤一個男子到某棟公寓，過了一會您就出來了。這不是很有意思嗎？我一問管理員，那個男子名叫佃潤一，在出版社工作。佃潤一——好耳熟的名字。」

康正望著刑警那張曬黑的臉上得意的笑容。聽他的說法，在他到那棟公寓之前，連佃叫什麼名字都不知道。那麼，他是從哪裡開始跟蹤佃的？

「我懂了，」康正點點頭，「他跟弓場佳世子在一起吧？」

「他在弓場位於高圓寺的公寓，整整待了兩小時。」

加賀今天從早上就緊盯弓場佳世子住的公寓，看準了當天星期六，她一定會有所行動。換句話說，加賀確信佳世子與命案有密切的關係。這是爲什麼？

「練馬警署允許你單獨行動嗎？」康正朝自動驗票機走去。「另一件命案連調查小組都成立了。」

「我已得到上司的許可，是我據理力爭得來的。只不過有附加條件就是了。」

「什麼條件？」

「取得你的證詞。」說完，加賀把票放進機器，出了驗票口。

康正剛要把車票放進機器，手一頓，看了先出去的加賀一眼，才跟著出去。

「我的證詞？」

「就是門鍊的事。」加賀說。「如果這幾天無法取得您的證詞，證明門沒有扣上鍊條的話……」他把拳頭舉到面前，五指齊張，表示一切泡湯。

「那眞是遺憾啊，你沒有勝算。」康正朝西武池袋線的乘車處走。

「要不要去喝一杯？」加賀做出手握酒杯的姿勢。「我知道一家便宜的串燒店。」

康正注視著對方。從加賀的神情中看不出別有居心，實際上當然不可能沒有，至少與目前爲止的那些刑警神情不同。

也許一起喝酒能問出一些情報——康正有了這樣的念頭。更重要的是，他覺得和這個人一起喝酒也不錯。

「我請客。」

「不了，各付各的吧。」康正說。

串燒店很小，坐十個人就客滿了。康正和加賀在裡面唯一的雙人座位坐下。加賀的位子後面就是上樓的樓梯。

「我知道名古屋土雞很好吃，但這個也挺不錯。」喝了一口啤酒後，加賀從綜合串烤中拿了一串。

「我跟你來，是有很多事要問你。」

「別急，慢慢來吧！」加賀往康正的杯裡倒了啤酒。「很少有機會和其他單位的人好好聊一聊。雖然認識的機緣對您來說實在不算愉快。」

「說到這個，我們組裡有你的粉絲呢。」

「粉絲？」

「一聽到加賀恭一郎，他馬上就知道是那個前日本劍道冠軍。」

「哎呀呀，」加賀似乎害臊了，「請代我向他問好。」

「我也看過你的報導。總覺得對你的名字有印象，因爲我有陣子花了不少心思在劍道上。當然，不能跟你比就是了。」

「眞是光榮，但那都是往事了。」

「最近沒練嗎？」康正把串烤拿在左手，縱向輕輕揮動。

「沒什麼時間。前陣子稍微練了一下，但練到一半就喘不過氣來，年紀大了。」加賀皺起眉頭，喝了啤酒。

康正吃了雞皮串，稱讚十分美味，加賀立刻笑說：「可不是嗎？」

「你爲什麼要當警察？」康正問。

「這個問題很難回答。」加賀苦笑。「勉強要說的話，算是命中注定吧！」

「太誇張了。」

「就是到頭來，我覺得這裡才是自己安身立命的地方。雖然之前反抗過好多次。」

「你說過令尊也是警察？」

「所以才更討厭啊。」加賀咬了一口雞胗，反問：「和泉先生呢？爲什麼要當警察？」

「我也不知道。最接近的理由大概就是考上了吧。」

「不會吧！」

「是眞的啊。我參加了不少行業的考試，也參加了其他公務員的考試。總之，我就是想盡快找一份安定的工作。」
「爲什麼？」
「因爲我沒有父親。」
「原來如此……所以是爲了要照顧令堂。」
「這也是原因之一，但我最擔心的是妹妹。如果到了青春年華卻一臉窮酸相，那就太可憐了。就算當不了美人，希望至少她能當個有尊嚴的女人。我不希望她覺得自己比不上別人。」
由於想起園子，康正不禁大聲了起來。驚覺加賀以眞摯的眼神望著自己，他垂下目光，喝了口啤酒。
「我能理解，」加賀說，「和泉園子小姐有一個很好的哥哥。」
「天曉得，現在我就不敢說了。」康正把杯子裡剩下的啤酒喝光。
加賀幫他倒啤酒。「據說弓場佳世子不會喝酒。」
康正抬起眼，「眞的嗎？」
「不會錯的。我向她公司的同事、學生時代的朋友確認過，她幾乎是滴酒不沾。」
這麼一來，她是凶手的可能性就更低了，因爲她不可能與園子一起喝葡萄酒。
「有件事我想問你。你是怎麼盯上那個女人的？」聽到這個問題，加賀那雙深陷眼窩的瞳眸發亮。康正迎著他的目光，繼續說：「我知道你拿著弓場佳世子的照片，去找她學生時代的朋友。那是什麼照片？從哪裡弄到的？你怎麼知道照片裡拍的女人，和這次的案子有關？」

加賀淺淺一笑，但這笑容和他過去所展現的笑容意義不同。

「您說要問一件事，卻分好多項。」

「基本上算是一件，告訴我吧。」

「我會的，但您要先答應我提出的條件。」

康正立刻明白加賀的意圖，「門鍊的事嗎？」

「正是。如果門鍊的事您肯坦白，任何事情我都願意告訴您。」

「要是爲這件事作證，等於亮出我手上所有的牌了。」

「那不是很好嗎？只是由警方代替您辦案而已。」

「沒有人能代替我。」康正拿竹籤沾了醬汁，在盤子上寫了「園子」兩個字。

「我爲什麼會盯上弓場佳世子——這是一個極其重要的問題，可說是我最有力的王牌，所以我不能無條件地向您攤牌。」

「聽說那張照片和一般的不同，是從錄影帶畫面印出來的。」

「誘導詰問是拐不到我的。」加賀得意地笑了笑，在康正的玻璃杯裡倒啤酒。啤酒瓶空了，他又叫了一瓶。

「你和弓場佳世子談過了嗎？」康正決定換一個角度進攻。
「沒有。」
「沒談過就先監視嗎？簡直像是早就知道她有男人。」
「雖然我事先並不知情，但我想應該有另一個人牽涉在內。」
「爲什麼？」
「因爲弓場不是凶手，至少她不是單獨犯案。」
加賀篤定的語氣讓康正不禁微微縮回上半身。
「是因爲弓場不會喝酒嗎？」
「那也是原因之一。」
「原因之一？怎麼說？」
「她長得漂亮，身材又好，但有個唯一的缺點。說缺點好像有些可憐。」
「太矮？」
「對。」
「你是指ＯＫ繃，對吧？」
康正一說完，加賀便拿著玻璃杯，食指指向他。「厲害，您果然注意到了？」
「你也是啊。」康正突然有種想乾杯的衝動，卻又覺得太做作而作罷。
加賀以烤雞肉串當下酒菜，默默喝了啤酒之後，以一副沒什麼大不了的語氣問：「凶手果然是佃嗎？」

「你說呢？」康正迴避問題。

「看來，您還沒有掌握決定性的證據。」

「你呢？」

「我落後和泉先生好幾圈。」加賀縮起脖子，「剛才您和佃談了些什麼？」

「你以爲我會告訴你嗎？你都不肯透露我想知道的事了。」

一聽這話，加賀笑得肩膀抖動，往自己的玻璃杯裡倒了啤酒。至少在外人看來，與康正談話，他似乎樂在其中。康正感覺自己彷彿被捉弄了。

「告訴你一件好事。佃有不在場證明。」

「哦？」加賀睜大了眼睛，「什麼樣的證明？」

康正簡單地將佃主張的不在場證明詠說一遍。佃當天晚上九點多從公司回來，九點半到半夜一點之間，替暫時借放在家的花畫了一幅畫，半夜一點到兩點之間與同棟公寓的朋友閒聊。他不忘附帶說明，那位朋友親眼看見那幅幾近完成的畫作。

「你也知道吧？住園子隔壁的那名女子說，不到十二點時聽到男女的交談聲。但如果不設法破解這個不在場證明，無法得出那男人就是佃的結論。」

「這眞是個棘手的障礙。」加賀說。但從他的表情看得出，其實他對描述這個不在場證明的康正更感興趣。「您已突破這個障礙，所以您剛才是爲了向佃宣告這件事，才到佃住的公寓去的吧？」

「你說呢？」

「很遺憾，但變了什麼戲法，此刻我破解不了，想必手法很高明。不過，聽了您剛才的話，我反而注意到他沒有半夜兩點以後的不在場證明。和泉小姐的推定死亡時刻範圍相當大，所以行凶時間也可能是在半夜兩點以後。只是剛好有隔壁鄰居作證，但拿作畫時間當不在場證明才有用，否則派不上什麼用場。」

「這一點我也注意到了。但說他不會開車，深夜出門不方便……」

「搭計程車雖然風險高，但刑警並沒有傻到因此就認定凶手不會搭計程車。」

「我也這麼想。而這一點但應該也想得到吧，或許他是故意的。」

「故意的？」

「一般人沒有半夜兩點以後的不在場證明是當然的，有反倒不自然。這是常識，他約莫也想到了。」

原來如此——刑警說著點點頭。

又是一陣短暫的沉默。不知不覺間，店裡的客人多了起來。

「和泉先生，」加賀的語氣變得有些鄭重，「您很了不起。您瞬間判斷、推理的能力，以及決心和毅力，都令我由衷敬佩。」

「你是怎麼了？突然說起這種話。」

「您將這些能力用來追求眞相，我無話可說。但您不應該用在報仇上。」

「我不想談這些。」康正將玻璃杯放在桌上，發出了聲響。

「這很重要。您應該不是會流於感情用事而迷失自己的人。至少您不適合這麼做。」

「別說了，你又瞭解我多少？」

「幾乎什麼都不瞭解。不過有件事我倒是知道。三年前，您負責處理的車禍當中，有一件是一個當過暴走族的年輕人開車，在紅燈時高速衝過十字路口，撞上一名上班族開的車，上班族因此身亡。每個人都深信發生車禍的原因是年輕人闖紅燈，您卻仔細調查目擊者的證詞和紅綠燈的間隔時間，查出車禍發生在雙方的燈號都顯示爲紅燈的那一瞬間。換句話說，上班族也有錯，他在燈號還沒變綠之前就發動車子了。這件事聽說遭到死者家人抗議，質問警方難道是站在暴走族那一邊嗎？對於這些抗議，您說您的工作並不是決定該處罰誰，而是調查爲什麼會發生這樣的悲劇。事實上，那個十字路口的紅綠燈後來便改良了。」

「我不知道你是聽誰說的，不過那是很久以前的事了。」康正把玩著手裡的空玻璃杯。

「從這件事可以看出您眞正的爲人。無論是車禍還是命案，本質是不變的。我不會叫您不要恨兇手，我知道有時候這會成爲一種動力，但這樣的動力應該投注在查明眞相上。」

「別說了，我不想聽。」

「那麼，我這麼說好了。您計畫報仇這件事，我還沒有告訴任何人，因為我相信您一定會回心轉意。但如果我判斷事情將會無可挽回，我會不惜一切，阻止您報仇。」

「我記住了。」

兩人對看了好幾秒。也許是喝了酒，加賀的眼睛有點充血。

店門開了，兩個看似上班族的人探頭進來。此時店裡已客滿。

「差不多該走了！」說完，笑容又回到加賀的臉上。「這家店不錯吧！希望下次還有機會一起來。」

這句話背後似乎寄託了這樣的懇求：請不要明知故犯。

3

康正先去採購了一些東西，才回到園子的住處。他買了十公尺的電線、兩個電源插頭、兩個檯燈用的中間開關，還有一組螺絲起子和一把鉗子，以及一瓶阿摩尼亞。

康正一進屋，發現沒有任何聲音太安靜，便打開電視機。他操作著遙控器，費了點工夫才弄清楚哪個代碼能看到什麼節目，因為愛知縣和東京的頻道完全不同。後來搞清楚1是NHK，便停在那一台。

康正在寢室盤腿坐下，開始進行作業。首先把電線剪成兩段，分成兩條五公尺的電線，然後分別將其中一端接上插頭。接著又在距離插頭一公尺左右的地方把電線剪斷，再用中間開關將兩段連接起來。

組裝這個開關時，電視新聞在報導一樁命案。案件發生在杉並區，凶手疑似與上個月在練馬發生的粉領族命案是同一人。凶手從陽台入侵，以繩索勒斃睡夢中的女子，偷走值錢的物品逃走。報導中並未提及被害人是否遭到性侵。

康正心想，這下練馬警署又有得忙了。加賀能單獨行動的時間應該不多了。

方才與加賀的對話在腦海中響起。

我相信您——這句話並非只是場面話。就像加賀所說的，若他眞的有心要阻止康正報仇，這個時候就會採取對策。他沒有這麼做，無非是賭康正還有理性。

可是——康正心想——加賀還年輕，不夠瞭解人類這種生物。人類是更醜陋、更卑鄙，而且更軟弱的。

康正決定把加賀懇切的話語從腦中驅逐，什麼都不想，專心作業。

事實上，時間所剩無幾。加賀已查出弓場佳世子，也追溯到佃潤一了。想必他很快就會發現佃是園子的前男友。不，他很可能已察覺。園子的通訊錄裡的「計畫美術」設計事務所，曾僱用一個名叫佃潤一的人，這件事加賀肯定不會忘記。目前礙於門鍊的問題，加賀無法任意採取行動，一旦掌握到足以迫使佃承認行凶的證據，他一定會毫不猶豫地呈報爲殺人命案。現在那位刑警想必握有什麼線索。

康正判斷今、明兩天就是關鍵。此刻他之所以會進行這項特殊的作業，也是基於這樣的判斷。

問題是，下一步該怎麼走。

電視新聞結束，即將播放的是戲劇節目。康正拿起遙控器，關掉電視。

過了一陣子，背後傳來「叩咚」的聲響，是從玄關大門傳來的。他回頭望去。

好像有個東西被丟進信箱。不一會，他聽到關門聲。應該是從隔壁那位自由女作家的住處傳來的。

康正站起來，走過去打開信箱，裡面有一個小小的紙包。打開一看，是錄音帶，似乎錄了好幾首曲子。光看上面寫的英文曲名，看不出音樂的類型。

其中附有一張紙條，寫著「不好意思，這是以前向令妹借的，一直忘了還」。

康正推測對方大概以爲他不在。一般人當然會認爲，住在愛知縣的哥哥不會經常往東京跑。

看著這捲錄音帶，康正忽然想到一個主意。他一面思索一面寫，花了大約十分鐘，推敲這個臨時起意的計畫有沒有什麼嚴重的缺陷。通盤思量後，他認爲即使不順利，也不至於對今後的行動造成影響。

他走出門外，按了鄰居的門鈴。

「哪位？」由於時間有點晚了，對方的聲音很生硬。想必是因爲外面太暗，透過防盜眼也看不清楚吧。

他回答是隔壁的和泉。對方「哦」了一聲，聲音聽來安心了些。

「原來您在啊。」門開了，自由女作家露出開朗的表情。

「我在打盹，剛剛才發現您把這個放在信箱裡。」他出示了錄音帶。

「眞對不起，應該要早點歸還的。」她低頭行了一禮。

「哪裡，沒關係。」康正躊躇片刻後，說：「其實有件事想麻煩您。」

「噢，」她略顯困惑，「是什麼事？但願我幫得上忙。」

「當然沒問題，很簡單的，是想請您幫忙打一通電話。」

「打電話……到哪裡？」

「電話號碼寫在這裡。還有，可以請您照上面寫的內容說嗎？」康正拿出剛才寫好的紙條。

自由女作家看了紙條，儘管訝異，眼神中卻也帶著幾分好奇，問道：「這是怎麼回事啊？」

「對不起，現在還不能告訴您詳情。」

「這樣啊，眞令人好奇。」

「如果您不願意，請不用勉強。」康正伸出右手想取回紙條。

「不會造成任何人的困擾吧？」

「不會的。」康正說得斬釘截鐵。他認爲那算不上困擾。

她偏著頭，又看了一次紙條，露出淘氣的神情。

「之後可以把整件事告訴我嗎？」

「可以呀。」康正堆出笑容。反正等一切結束，她自然會知道事情的前因後果。

「好的，那我試試看。現在就打嗎？」

「您願意現在打當然是再好不過了。」

「那請稍等一下。」

「不好意思，麻煩您了。」康正緊張地目送她消失在屋內深處。

這天晚上，康正幾乎沒有睡熟。一想到獵物不知何時會落入自己布下的陷阱，內心就七上八下。即使是半夜，這棟公寓偶爾也會傳來腳步聲。每次聽到，康正都會不由自主地全身緊繃。

然而，當窗外天色漸亮，康正開始覺得自己的想法或許有錯。這個策略雖不是毫無根據，但猜錯的可能性也不低。

凌晨六點多，外面也開始傳來人聲、車聲，他認爲最好趕緊思考下一步了。但他想不出妙計，只覺得頭和眼皮愈來愈沉重。

正當他昏昏沉沉、半睡半醒時，聽到「咔喳」一聲。

在寢室裡坐著睡的康正，本能地朝聲源處望去。

眼前的門緩緩打開，他立刻隱身在寢室門後。

有人進來，門關上了。他聽到開信箱的聲音。

康正算準時間，走出去說：「嗨，歡迎光臨。」

穿著連帽白大衣的弓場佳世子，背對著他，當場僵住。

4

康正請自由女作家在電話裡說的，是以下這番話：

我是和泉園子的鄰居。是這樣的，她過世之前向我借了攝影機，她過世之後，攝影機回到我的手上，裡面卻還放著她的錄影帶。由於怕侵犯她的隱私，我沒有看她拍了什麼，也許是很重要的東西，所以我想立刻還給她的家人。然而，和泉小姐的哥哥剛才回愛知縣了，我明天又必須暫時出國，因此我決定把錄影帶放進和泉小姐門上的信箱。不好意思，可以請妳和她的家人聯絡，告訴他們這件事嗎？妳的電話是以前和泉園子小姐單獨出門旅行時留給我的，她說妳是她最信賴的人，如果有什麼事，可以跟妳聯絡——

康正最在意的是，弓場佳世子會不會親自來到這裡？這是打這通電話最終的目的——誘拐她來開門。

爲此，康正決定以八釐米攝影機的錄影帶作爲誘餌。對他而言，這是一個賭注。他推測園子死前想借攝影機的理由與命案有關，但這兩件事也可能完全無關。萬一獵物不吃這個誘餌，接下來無論準備什麼誘餌，再請隔壁的女子幫忙一定會引起她的戒心。

「看來，運氣站在我這邊。」康正心中出現了這個結論。

「好了。」康正俯視弓場佳世子。她面向餐桌而坐，縮著肩，垂著頭。康正則站著。他心想，簡直就像在偵訊室裡。而接下來他要做的事，其實等同於偵訊。

「從錄影帶說起吧。妳以爲裡面拍了什麼？」

「……我不知道。」她細聲回答。

「妳怎麼可能不知道？妳都特地來拿了。不，」康正看著她，「應該說是特地來偷的。」

佳世子眨了眨眼，睫毛還是一樣捲翹。

「我真的不知道。可是……我很想知道園子拍了些什麼……我願意爲擅自開門進來道歉。」

「好吧，錄影帶的事晚點再說，先來問妳現在道歉的事。這鑰匙是哪來的？」康正將一把鑰匙放在餐桌上。佳世子剛才就是用這把鑰匙開門。

「我之前就有了。」

「之前？爲什麼？」

「很久以前，潤一先生就寄放在我這裡。他說是園子給的，可是他們已分手，用不到了。由我來還給園子也很怪，一直找不到機會歸還……」這段話實在說不上是口齒清晰。

「妳的說詞只有一半是眞的，另一半是謊話。」康正指著佳世子下斷語。「鑰匙是從佃那裡拿來的，大概是眞的，但很久以前就給妳是騙人的。是最近的事吧，搞不好是剛剛才去拿的？」

「不是的，我眞的……」

「妳編再多的謊話也沒用。」康正的左手往旁邊一揮。「如果妳很久以前就有這把鑰匙，殺害園子的人就是妳，這樣妳還要堅持嗎？」

「……爲什麼？」

「園子明顯不是自殺，我找到很多證據。但問題是，凶手是誰？我發現遺體時，這裡是上了鎖的。本來有兩把鑰匙，一把在園子的包包裡找到，另一把在我那裡。換句話說，凶手有備份鑰匙。事情很簡單，」康正湊到她的面前，壓低聲音繼續說：「我知道妳在袒護佃。爲了妳自己著想，妳最好說實話。再這樣耗下去，我就把妳視爲共犯。」

佳世子臉上浮現怯色。即使如此，她仍抬頭看著康正反駁：

「備份鑰匙又不見得只有這一把。」

「哦，妳說還有別的？」

「還有另一把，園子打了兩把備份鑰匙。」

「哦，」康正豎起指頭敲了敲餐桌，「那麼，剩下那一把在哪裡？」

「園子平常都是放在鞋櫃最上面那一層。」

康正走到玄關，打開鞋櫃。裡面當然沒有鑰匙。

「沒有。」

「所以呀，」她說，「一定是有人拿走了。」

「那妳說是誰拿走的？和園子熟到知道鑰匙放在這裡的人，不是佃就是妳。既然這把鑰匙很久以前就在妳的手上，那麼，拿走那把鑰匙的就是佃了。換句話說，凶手果然就是他。」

「不是的，不是這樣的。」

「哪裡不是了？」

「他不是凶手。」

「妳怎能這麼肯定？因爲妳喜歡他嗎？可是，他很可能騙了妳，就像他騙了園子那樣。」

「不會的。」

「我就是在問妳，妳怎會有這種把握。妳說備份鑰匙有兩把，一把在妳那裡，剩下的那一把既然消失了，認爲是佃拿走了不是很合理嗎？」

「不是的，不是他。」

「那妳說是誰？」

「是我。」

「什麼？」康正睜大了眼睛。

「是我拿走的，另一把鑰匙也是我拿走的。」

「妳不要隨口胡扯，謊話很快就會被拆穿。」

「是眞的。星期三我來這裡，趁她不注意時拿走的。」

「爲什麼要這麼做？」

弓場佳世子垂下目光，嘴唇微微顫抖。

「我在問妳爲什麼。」康正再次問道。

她抬起頭。看到她的表情，康正心頭一凜。因爲她一副下定決心的模樣。

「爲了殺死她。」她以眞摯的眼神告白。

5

感覺像是沉默許久，實際上只過了一分鐘。

「妳知道自己在說什麼嗎？」康正問。

「知道。其實昨晚接到園子鄰居打來的電話時，我就想到這或許是陷阱，但又覺得如果是眞的也沒辦法……到時就說出實情吧。」

「妳要把一切都說出來？」

「是的。」

「那妳等一下。」

康正從自己的包包裡取出一台錄音機，按下錄音鍵後，放在餐桌上。老實說，這樣的轉折完全出乎他的意料。

「全都是我不好。」佳世子平靜地開口：「是我害死了園子，對不起。」

說完，她低著頭，睫毛根部湧出淚水，簡直就像是本來被封印的東西獲得解放。不一會，淚水滾落，在地板上形成小小的星形水漬。遙遠過去的一幕，自康正的記憶深處浮現——那是他把熱水濺到園子背上的情景。

「妳是說，人是妳殺的？」康正問。

「等於是我殺的。」佳世子回答。

「什麼意思？」

「那天晚上，我……爲了殺死園子，來到這裡。」

「妳爲什麼要殺她？」

「就像上次和泉先生說的，我認爲只要有她在，我和潤一先生就不會有獲得幸福的一天。」

「妳把園子說得像是壞女人一樣。」

聽到康正這句話，她猛然抬頭想說什麼，最後又低下頭。

「好吧，妳繼續說。星期五妳是幾點來的？」
「我記不太清楚了，不過我想是晚上十點半左右。」
「妳是以什麼理由上門的？」
「我說有重要的事要告訴她。園子不想跟我說話，所以我就說想向她道歉。」
「道歉？」
「我想爲潤一先生的事道歉。」
「我不相信園子聽了這種說詞會讓妳進屋。」
「一開始她很生氣，不想聽我道歉，所以我就說我準備放棄潤一先生。」
「哦？」康正凝視佳世子，「不過，妳當然不是眞心的。」
「我的確是爲了進門而說謊。可是，因爲這樣園子總算讓我進去了。」
「原來如此。當時園子穿什麼衣服？」
面對康正的問題，佳世子停頓了一下，回答：「她穿著睡衣，約莫是洗完澡了。」
「好，繼續說。」
「我帶了葡萄酒，提議一起喝。希望她一面喝一面聽我說……」
「可是，妳應該不會喝酒。」康正想起從加賀那裡聽來的情報。
「我雖然不會喝，但我說今晚會陪她喝一口。園子諷刺我，說：『眞難得，妳和潤一在一起也學會喝酒了嗎？』當然，被說上這麼一、兩句也是應該的。」說到後面那一句話時，她像是在喃喃自語。

「園子沒有提防？」

「我不知道，也許沒有吧。不過，她應該想不到……」佳世子舔了舔嘴唇，「我是來殺她的。」

康正搖搖頭。「然後呢？」

「園子拿出兩個葡萄酒杯，在裡面倒了酒，我們就開始喝。話是這麼說，我幾乎只是抿一下而已。」

「那麼，莫非妳們談得很融洽？不可能吧。」

「對於我是否眞的準備放棄潤一先生，園子似乎十分懷疑。這也是當然的，搶了好友的男朋友，突然又說要放棄，難怪她不相信。不過我們談著談著，她似乎漸漸相信我的話了。這時，她正好去上廁所，我趁機把安眠藥放進她的酒杯裡。」

「妳是什麼時候弄到安眠藥的？」

「很久以前。我和園子一起去國外旅行時，因爲時差睡不著，她就分了一點給我。那時候的藥後來剩下一包。」

「一包？」康正皺起眉頭確認。

「一包。」她說得非常肯定。

「那好吧。然後呢？」

「她上完廁所回來，毫不懷疑地喝下葡萄酒。不到十分鐘，她開始打盹，很快熟睡。於是，我就忘我地做了很多事……」說到這裡，佳世子垂下了頭。

「很多事是指什麼？」康正問。「從這裡開始才是重點。妳做了什麼？」

「我眞的很忘我，所以細節記不太清楚。」

「只說妳記得的就好。」

「我先切斷了電線，把電線貼在園子的背後和胸前。」

「妳是怎麼貼的？」

「用膠帶之類的。因爲用的是當場看到的東西，所以我不記得了。」

「……好。然後呢？」

「爲了布置成自殺，我把安眠藥包放在餐桌上，將一個酒杯拿到水槽，打算待會洗乾淨。之後，我準備讓連在園子身上的那條電線通電。園子以前就說如果要自殺，最好是觸電而死，所以我想用這個辦法才不會惹人懷疑。」

「所以妳就通電了？」

「沒有。」佳世子緩緩搖頭，「我下不了手，我終究下不了手。」

「怎麼說？」

佳世子抬起頭來。她的雙眼充血，眼周又紅又腫，下眼瞼和臉頰都因淚水而泛著光。

「我想起那天她說的話。她準備再次相信我，甚至對我露出笑容。我做了那麼過分的事，她還……想到這件事，我實在沒辦法下手殺害她。」

「那麼，妳的意思是，妳沒殺人？」

「是的。」聲音顫抖，但她答得很確實。「我把電線從園子身上拆下來，丟進垃圾桶，然後留了一張字條給她……」

「字條？」

「我翻過一頁貓咪週曆，在背面寫了『對不起』，便離開了。」

「在週曆後面留言……是嗎？」這符合康正的推理，但留言的內容出乎意料。「然後妳就離開公寓，並上了鎖？」

「是的。我用的就是剛才說的那把，趁星期三偷走的備份鑰匙。就像和泉先生說的，園子給潤一先生的那把鑰匙，當時還在他的手上。」

「偷來的那一把呢？」

「到了門外，我就丟進門上的信箱了。」

這與事實吻合。

「最後妳直接回家了？」

「是的。」

說完後，佳世子吐出長長的一口氣。那彷彿是結束一件重大工作後的嘆息。

「如果妳的供詞是眞的，」康正說，「園子就不會死，事實上她卻死了。妳要怎麼解釋？」

「所以，」佳世子閉上眼睛，「她是在我離開之後才自殺的。」

「妳說什麼？」

「這是唯一的可能呀！因爲她是死在床上吧？我走的時候，園子是靠床坐著睡。接到她的死訊後，我才發現自己鑄成大錯，我竟然把自殺的工具都留在她身邊。我沒辦法不去想那條電線，絕望的園子肯定是看到那條電線，一時衝動自殺的。我眞的……我怎會這麼大意？」佳世子似乎爲自己的話語激動不已。她語帶哭腔，話聲愈來愈高亢，啜泣也變成大哭。

「園子等於是被我殺死的。對不起，你儘管恨我吧！非常對不起。」然後，她趴倒在餐桌上。

康正沒說話，走到水槽前，打開水龍頭，裝了一杯水。佳世子繼續哭著，纖細的肩膀微微晃動。

接著，康正抽出菜刀，就是凶手用來削電線外皮的那把菜刀。他右手拿著刀，直接繞到佳世子背後，把裝了水的玻璃杯放在餐桌上。

康正抓住佳世子的左肩，她頓時停止哭泣，彷彿受到驚嚇般渾身顫抖了一下。

「不要動，慢慢抬起頭。」他說。

佳世子一抬頭，康正便將刀刃輕輕抵住她的脖子。感覺得出她在憋氣。

「不要亂動，妳一動，我就割斷妳的頸動脈。」

「……你要殺我？」她沙啞的聲音震顫不已。

「妳說呢？再怎麼說，都是妳逼園子自殺的，妳自己都叫我恨妳了。」

佳世子當場僵住。即使如此，和菜刀比起來，她的脖子抖動幅度更大。因爲她不但呼吸變得急促，血管的脈動彷彿也失去控制。

康正左手伸進口袋，取出一小包安眠藥，拿到佳世子面前。

「把這包藥吃下去。妳知道這是什麼藥吧？」

「你讓我睡著要做什麼？」

「用不著擔心，我沒有墮落到會對睡著的女人上下其手。或者，妳寧願在臉上添幾道傷口，也不願意在我面前睡著？」說完，康正把菜刀稍微往上移，將刀刃抵在她的臉頰上。

佳世子似乎有些猶豫，但最後下定決心。她撕破藥包，把粉末倒進嘴裡，喝了杯子裡的水，然後把空藥包丟進旁邊的垃圾桶。那是一個有玫瑰圖案的美觀垃圾桶。

康正拿起掛在冰箱把手上的毛巾。

「很好，用這個把妳的雙腳綁起來。妳動作最好快一點，我菜刀就要拿不穩了。」

佳世子照著他的吩咐，彎下腰用毛巾綁住自己的雙腳。確認她綁好後，康正把電話放在佳世子面前。

「打電話給佃。」

「和他無關，全都是我做的。」

「我不管，妳打就是了。妳不打，只是換我打而已。」

佳世子盯著電話片刻，拿起話筒。她大概打過很多次了，只見她熟練地按了佃的電話號碼。

「喂，潤一先生嗎？是我……呃，現下我和園子的哥哥在一起。」

康正從她手裡搶過話筒：「我是和泉。」

「和泉先生……你在做什麼？」佃的聲音聽起來很驚慌。

「我在揪出殺害園子的凶手。」

「你還沒死心？」

「我要你馬上過來。」

「等等，請讓我和她說話。」

康正把話筒拿到佳世子嘴邊，說道：「他想聽妳的聲音。」

「潤一先生，我……我說出企圖殺害園子的事了。雖然我半途放棄，結果還是把她逼到自殺，這些我都說了，所以你什麼都不用擔心。」

佳世子說到這裡，康正直接拿走話筒。

「聽到了嗎？」他問佃潤一。

「聽到了。」

「你肯來了嗎？」

「……你們在哪裡？」

「命案現場。我勸你最好趕緊過來，我給你的女朋友吃了安眠藥，她很快就會睡著。就這樣。」

康正不理話筒傳出的「不要傷害她」的聲音，掛斷電話。

6

二十五分鐘後，門鈴響了，看樣子他是搭計程車趕來的。康正還是先問一句：「是誰？」

「我是佃。」

「進來，門沒鎖。」

門開了，穿著西裝外套的佃現身。他拿著揉成一團的米色大衣，鬍子沒刮，頭髮也很亂。

「關門，上鎖。」

佃聽從命令照做，然後挑釁地瞪著康正，但那雙眼裡隨即浮現驚訝之色。

「你想怎樣？」佃看著在寢室裡靠床昏睡的佳世子問。她的手腳都被封箱膠帶綑住了。

「我所做的一切，都是爲了要你說實話。」康正回答。

他握著電線的中間開關。電線的一端接在插座上，另一端則延伸至弓場佳世子的上衣裡。

「你瘋了。」

「我正常得很。不過，就算我眞的瘋了，也是被你們逼的。」

「你要我怎麼做？」

「這個嘛，請你先在那張椅子上坐下吧。然後，脫掉上衣。」康正指著餐桌旁的椅子。

潤一把上衣和大衣放在地上，在椅子上坐下。「然後呢？」

「餐桌上有封箱膠帶，把你的腳踝綑在一起。要綑好幾層，把雙腳緊緊併在一起。」

確定潤一完成這項作業後，康正繞到他身後，把他的雙臂反折到椅背，再一圈圈地將他的雙腕綑起來。

「好了，這樣說話就方便多了吧。」

「我無話可說。」

「那我問你，爲什麼你沒向警方檢舉我？怎麼不帶警察一起過來？」

潤一不回答。

「還是不要把時間浪費在無謂的事情上吧。你先聽聽這個。」

康正按下錄音機的開關。錄音機播放的，是弓場佳世子剛才的那番告白。康正眼看著潤一的表情扭曲。

關掉錄音機後，康正問：「你覺得呢？」

「太可笑了，」潤一說：「她沒做那些事。」

「那就是她說謊了？」

「……是的。」

「她爲什麼要說謊？」

潤一沒回答，撇過頭去。

「我也覺得這是謊話。」康正說。「編得很好，可惜有矛盾之處。」

接著，他從包包裡取出另一條接了插頭的電線，上面也接了開關。他拿著電線走近潤一。

「我沒有怪癖，你用不著擔心。」

康正解開潤一身上的格子襯衫鈕釦，撕了一小段封箱膠帶，把分岔的電線一頭貼在潤一胸前，另一頭貼在背後。「你瞧，用封箱膠帶也可以貼得很緊密。」說完，康正指指寢室。「我一聽說把電線貼在園子胸前和背後的是ＯＫ繃，就覺得那不是弓場幹的。如果只是要固定，用透明膠帶或封箱膠帶就可以了，而且這些東西就放在書架上很顯眼的地方。可是，聽說凶手用了ＯＫ繃。ＯＫ繃放在哪裡呢？在書架上的急救箱裡。當然用ＯＫ繃也無妨，但她用的話就令人費解了。其中原由我想你也明白，因爲要拿急救箱，連我都要伸長了雙臂才行。園子個子高拿得到，她個子矮，連要拿急救箱都有困難。然而，她卻說她太忘我，所以不記得是用什麼膠帶固定電線的。要拿急救箱就得費一番力氣，怎麼可能不記得？怎麼樣，我的推理如何？」

「很好啊。」潤一像戴了面具般毫無表情地說：「我認爲這是一段很精采的推理。既然你都做出這樣的推理了，不如放了她吧！反正已證明她不是凶手。」

康正拿著連接到潤一身上的電線，回到原本站的地方，確認開關停留在「ＯＦＦ」後，把插頭往旁邊的插座靠近。插進去的那一刻，潤一閉上眼睛。

「弓場佳世子說謊毋庸置疑，但她這番話顯然不全是編出來的。比如，把鑰匙丟進信箱這一點。鑰匙的確在信箱裡，不過這件事應該只有凶手知道，連警方都不知道，因爲鑰匙被我回收了。那麼，弓場又不是凶手，她怎會知道這件事？原因只有一個，弓場是聽凶手說的。連這麼重大的事都能說，可見凶手與弓場的關係非比尋常。」

潤一仍板著臉，但臉頰不停抽搐，顯示他已瀕臨極限。

「請讓我和她談談。」他終於回答。

「這可不行。你以爲我爲什麼要讓她睡著？就是不想給你們套話的餘地，畢竟誰能保證弓場佳世子聽了你的話後不會翻供？」

潤一喉結一動，看得出他吞了一口唾沫。

「好吧，既然你不想說，那就算了。我並不是以警察的身分來追查眞相，我只是想以園子哥哥的身分揪出凶手，所以我不需要凶手自白，也不需要證據或證詞。我只需要一種確信。此刻我幾乎已可確信。」康正把手指放在開關上，是連到潤一身上的那個開關。「我不知道被電死會不會痛苦。一想到園子，我祈禱不會，但現在倒是希望可以帶來一點痛苦。」

「等一下。」

「時間到了。」

「你什麼還都不知道啊！」

「我知道，是你殺了園子。」

「不是的。」

「不是什麼？」

潤一欲言又止。看到他這樣，康正再次把手放在開關上。

「我知道了。」潤一彷彿死了心。「我說，我要把眞相說出來。」

「編造的就不必了。」

「我知道。」潤一的胸口劇烈起伏，連康正都聽得到他的呼吸聲。「的確，」潤一說：「那天晚上我是爲了殺害園子小姐才來的。佳世子小姐說的內容全是我做的。」

「這我已知曉。我可不想聽你懺悔。」

「不是這樣的，你什麼都還不知道。我剛才不是說了嗎？我做的事和佳世子小姐所說的內容相同。也就是說，無論凶手是誰，中途放棄行凶是事實。」

「不要胡扯，園子可是死了。」

「所以佳世子小姐不也說了嗎？園子小姐是自殺。」

「別鬧了，園子沒有那麼軟弱。」

「你又多瞭解她？你們明明一直都分開生活。」

「……你要說的只有這些？」康正把通電開關猛地拿到前面。

「請看信！」潤一急得大聲說。

「信？」

潤一吐了一口氣，朝自己的西裝上衣揚了揚下巴。

「我的上衣內袋裡有折起來的信紙，是園子小姐寫的。請你看看那封信。」

康正把通電開關放在地上，伸手去拿潤一的上衣。一掏內袋，果然有信紙。信紙很皺，像是曾被揉成一團。

「信紙當時掉在垃圾桶旁，我碰巧看到的。看過之後，我才驚覺自己差點鑄下大錯。請你相信我。」潤一懇求道。

康正攤開信紙。信紙一共有兩張，上面的確是園子的筆跡，內容如下：

「這封信是我寫給你們兩人的，所以希望佳世子也能看到。我想這樣對你們來說也比較好。

其實我腦袋還是一團亂，既難過又痛恨你們。當然，內心的傷也還沒有痊癒。這幾天，我一直在想要怎麼做才能搶回你的心。如果搶不回來，至少要拆散你們。爲此我打算不擇手段，甚至想了一些邪惡的辦法。實際上，我都準備好了。

可是，今天我忽然覺得一切好空虛。

就算把靈魂出賣給惡魔，毀了你們的幸福，到頭來我仍一無所有，只是徒留一具拋棄人類尊嚴的可悲空殼。

請不要誤會，我完全沒有原諒你們的意思。這輩子你們在我心裡永遠都是叛徒。

我決定不要再和你們有任何瓜葛。破壞你們的幸福這件事，我會當成是浪費寶貴時間和心力的傻事。

所以你們也」

這裡可能是寫了錯字，有黑墨水塗改的痕跡，之後便是一片空白。

「如何？」大概是知道康正看完信了，潤一說：「既然看到這封信，我就沒有非殺她不可的理由了吧？」

康正想不出反駁的話，拿著信紙的手在發抖。潤一說得沒錯，但他不願相信園子是自己結束性命的。

康正把兩張信紙疊在一起，撕成兩半扔掉。四張紙片在空中飛舞，然後一片片掉在地上。

「這是不可能的。」

「可是，這是事實。」

康正瞪著潤一。這時，餐桌上的電話響了。

7

眼看著電話響了兩次、三次，康正才拿起話筒：「……喂。」

「和泉先生，是您吧？」

「是你啊。」康正嘆了一口氣。是加賀。

「佃潤一和弓場佳世子都在那裡吧？」

「我不知道你在說什麼。」

「裝傻是沒有用的，我正準備過去。」

「慢著，你不要來。」

「我要去，然後和您好好談一談。」

「沒什麼可談的。」

康正說出這句話的時候，電話已掛斷。他摔了電話，雙手拿著兩條電線的通電開關，瞪著門口。

幾分鐘後，一陣腳步聲由遠而近傳來。康正心想，八成是加賀。依那位刑警的習慣，打那通電話時，他恐怕已在附近。

果不其然，腳步聲在門前停住，接著響起敲門聲，有人轉動門把。由於上了鎖，門打不開。

「請開門。」是加賀的聲音。

「你走吧。」康正朝著門說：「這是我的問題。」

「請開門。您現在不開，我就找同事來。您也不希望如此吧。」

「無所謂，只要在那之前達成我的目的就好。」康正再次握緊通電開關，手心在出汗。

「您不會這麼做的，您應該還沒有找到答案。」

「少亂猜了，你懂什麼。」

「我懂的。和泉先生，請讓我進去，我一定可以助您一臂之力。」

「你以為我會相信你？你根本沒有任何證據。」

「那麼我問您，您對令妹瞭解多少？您什麼都不知道。您不知道園子小姐死去的前一天在想些什麼。關於這件事，我握有重大的王牌。拜託，請您開門。」

加賀熱切的口吻動搖了康正的決心。這位刑警一語中的。康正變得不瞭解園子了。他無法否認看了那封信之後，心中產生疑惑。

「你有話就在那裡說吧。」

「請讓我進去。」加賀似乎沒有讓步的意思。

康正放下通電開關，站在門邊。他湊到防盜眼上，只見加賀一臉精悍，雙手插在黑色大衣的口袋裡，望向康正這邊。散發出的氣勢之凌利，令人不禁想像他手握竹刀時，面具之下大概就是這樣的表情吧。

「後退五公尺。」康正說。「開了鎖之後也不許衝進來，門要慢慢開。你做得到吧？」

「沒問題。」

加賀的大衣衣襬揚起，他從門口退開。康正確定腳步聲停止後才開鎖，接著迅速回到原地，把兩個通電開關握在手中。

加賀依照約定慢慢靠近，轉動門把，開了門。冷空氣從門縫流入屋內。

刑警似乎一眼就掌握了目前的狀況，連點了幾次頭，但仍驚訝地睜大眼。

「把門鎖上。」康正下令，手上依舊握著通電開關。

加賀沒有立刻照做，先往寢室內部探看。「弓場佳世子呢？」

「不必擔心，只是睡著了而已。快鎖門。」

加賀鎖了門之後問：「您是把安眠藥混在什麼東西裡讓她喝下的？」

「是我叫她吃藥的，不過藥是她自己吃下去的。我不要騙人的把戲。」

「和泉先生，這種作法很不好。」

「不用你多管閒事。你說有王牌，那就亮出來吧。」

「在那之前，我想請教一下現況。他們什麼都還沒說嗎？」加賀指著潤一和佳世子問。

「我什麼都說了，」潤一開口，「就看和泉先生信不信了。」

「什麼內容？」

「我企圖殺害園子小姐。」

「企圖殺害？」加賀雙眉之間的皺紋加深了。他朝康正看了一眼。「這麼說，你最後沒有下手？」

「是的，中途作罷了。沒想到這件事成爲導火線，她自殺了。」

「胡說八道，園子不可能會這麼做。」

「這是……？」加賀指著放在地上的錄音機。

「是佳世子小姐剛剛錄下的話。」潤一告訴他。「她主張和我做了同樣的事……但她這麼做是爲了袒護我。」

「恕我失禮。」加賀準備脫鞋。

「不許過來！」康正叫道，把錄音機踢向加賀。

重新穿上鞋的加賀操作錄音機，將弓場佳世子的錄音播放出來。他注意到散落在四周的信紙，撿起來後，一面聽佳世子的告白，一面看園子沒寫完的信。

「這封信是……？」

「是我撿到的。看過之後，我就中止殺害園子小姐的計畫了。」潤一應道。

「原來如此。這是在哪裡找到的？」

「寢室的垃圾桶旁邊。」

「你是在殺害園子後才看到這個的吧？」康正說。

「不是！」

「好，先等一下。」加賀伸出右掌，作勢安撫兩人。然後，他再度操作錄音機，重聽弓場佳世子的告白。

加賀問潤一：「弓場佳世子小姐會袒護你，是因為你把自己所做的事情告訴了她？」

「嗯……」

「你為什麼要說出來？園子小姐為了你自殺——一般而言，這種事情應該會在兩人心裡留下疙瘩。」

「因為我瞞不住了，我覺得自己很卑鄙。」

「你沒想到說出這些會讓佳世子小姐感到痛苦嗎？」

「園子小姐自殺已讓她的心靈受傷，而且她也隱約有所察覺，所以我才鼓起勇氣告訴她眞相。」

「然後叫她不許洩漏眞相嗎？」

「不是這樣的……」潤一含糊地說。

「好吧。下一個問題。錄音帶中，佳世子小姐說在離開之前，曾在週曆後面留言給園子小姐。這一點如何解釋？」

「就像她說的，只不過寫的人其實是我。」潤一答道。「我想向園子小姐道歉，於是撕下貓咪週曆，寫在背面。內容是希望她早日忘記我這個卑鄙的男人。」

「用什麼寫的？鋼筆？原子筆？」

「因為沒看到筆，我就翻找她的包包，抽出記事本附的鉛筆來寫。」

「答對了。我也記得桌上有記事本附的鉛筆，但沒看到留言。這是爲什麼？」

「不可能，請查清楚。或許是園子小姐自殺之前丟去哪了。」

「垃圾桶裡的東西我們都仔細查過，沒找到類似的東西。不過，」說著，加賀轉向康正：「也可能是比我們早進屋的人偷偷處理掉了。」

康正左手放開通電開關，手伸進身旁的包包裡，很快抓出一個塑膠袋，朝加賀丟過去。然後，他又握住通電開關。

「東西就放在餐桌上，用一個小碟子裝著。」

「燒掉了是嗎？」加賀查看塑膠袋裡的東西。「這兩張紙片看來像是彩色照片，至於這黑白印刷的紙片就是週曆吧。」

「應該是園子小姐燒的。」潤一說。「彩色照片拍的會不會是我送她的畫？」

「在自殺之前，處理掉充滿回憶的東西嗎？」

「我認爲應該是。」

「這倒是說得通。」加賀拿園子那些被揉爛的信紙搧著。

「開什麼玩笑，這種鬼話誰相信！」康正大叫。「誰能保證燒掉這些東西不是這傢伙在故布疑陣！」

「可是，這樣故布疑陣是沒有意義的。」與康正形成對照，加賀冷冷地說：「如果這是故布疑陣，對自殺這個說法有什麼幫助嗎？不知道燒了些什麼，只會造成警方判斷上的困難。」

康正無法反駁，加賀說得一點也沒錯。眼下康正就無法針對這些燒剩的碎片做出任何推理。

「還有一個問題。」加賀對潤一說：「你說在園子小姐的酒杯裡加了安眠藥，劑量是多少？」

「劑量……」

「我問的是一包、兩包，或者更多？」

「哦……當然是一包。佳世子小姐在錄音帶裡不也是這麼說的嗎？」

「一包啊。」加賀與康正對望一眼，似乎有話想說，但又再次面向潤一。「可是桌上有兩個空藥包。」

「那不就是告訴我們，園子小姐是自殺嗎？」

「怎麼說？」

「園子小姐醒來後，爲了自殺，必須再吃一次安眠藥。在那之前，我已在桌上放了一個空藥包，加上她自己吃的，當然就會有兩個藥包。」

「確實是理所當然。」加賀略略聳肩。

「還有，」潤一說：「發現遺體的時候，外面有兩個酒杯吧？」

「好像是，雖然不是我親眼看到的。」

「如果我要把現場布置成自殺，才不會搞這種烏龍，一定會把自己用過的酒杯收起來。」

「原來如此，這也很合理。」說完，加賀朝康正瞥了一眼。

康正不斷搖頭。到頭來園子是自殺？這怎麼可能！一定遺漏了什麼線索——

正當康正的信心開始動搖時——

「不過，」加賀平靜地說：「即使如此，園子小姐仍是遭人殺害。」

第六章

1

「爲什麼?」

沉默籠罩室內後,最先開口的是佃潤一。

「你有證據能證明我說謊嗎?」

「我有證據證明園子小姐不是自殺。」

「什麼證據?」康正問加賀。

「在這之前,可以請您解除這些裝置嗎?」加賀指著康正手中的開關,「我絕不會阻撓和泉先生追查眞相,所以希望您不要使用這種危險的東西。」

「你以爲我會相信這種話?」

「希望您能相信我。」

「很遺憾,那是不可能的。我不是不相信你的人格,而是本來就不能相信警察。這種事我太瞭解了。要是放手的瞬間你撲過來,我沒有把握能打贏你。」

聽到這些話,加賀嘆了一口氣。

「我現在對臂力也不是那麼有自信了,既然您不肯相信也沒關係。那麼,和泉先生,請答應我一件事,千萬不要衝動地打開那些開關。要是您這麼做,就永遠無法得知令妹死去的眞相了。」

「這我知道。我也認爲如果不查明眞相，就算報了仇也沒有意義。」

「那好。」加賀的手伸進上衣，取出記事本。「和泉先生，您記得發現令妹遺體時，屋裡的照明是什麼情況嗎？」

「照明……」

康正回想當時的情況。由於他再三回想過，腦中已能夠像電影般鮮明地重現案發現場。

「燈是關著的。對。因爲是白天，屋裡不會很暗。」

「是這樣沒錯吧，當時您也是這麼說的。換句話說，如果園子小姐是自殺，她就是關了燈才上床入睡的，而且還要先以定時器設定好通電的機關。」

「這有什麼好奇怪的？」潤一一臉不解，「睡前關燈不是再自然不過了嗎？即使是爲了赴死而入睡也一樣吧。」

年輕人的問題令刑警苦笑。

「好文學的說法啊，爲了赴死而入睡……」

「請別開玩笑。」

「我並不是在開玩笑。這一點很重要。」加賀恢復嚴肅的神情，看著記事本。「其實有目擊者。」

「目擊者？」康正睜大了眼睛。

「雖說是目擊者，卻不是目擊凶手或行凶過程的那種。住在這一戶正上方的酒店小姐，當晚下班回來時看到這一戶的窗口亮著燈。因爲這一戶很少那麼晚還亮著燈，她就記住了。後來看到報紙上房客自殺的新聞，她非常吃驚。」

「那個酒店小姐是什麼時候回來的？」康正問。

「不知道正確的時刻，但確定是在凌晨一點之後。」

「凌晨一點之後……」

「我眞是不懂，從這件事怎麼會得到園子小姐是他殺的結論？只不過是指出了那個時間她還活著而已啊。」潤一有些歇斯底里地說。約莫是無法動彈的處境助長了他的焦躁。

「指不出來的。」

「爲什麼？」

「因爲定時器設定在半夜一點。若園子小姐是自殺，半夜一點一切就都結束了。換句話說，燈會是是關掉的。」加賀清亮的話聲在狹小的室內回響。

「那是……」說了這兩個字，潤一就不作聲了。想必是不知如何反駁。

康正咬住嘴唇，抬眼看加賀，點點頭。

「這確實是很有力的證詞。」

「一點也沒錯。只是有力歸有力，要是和泉先生不肯供述門鍊沒有扣上，這個證詞很難被採用。」

加賀說得諷刺，但康正不予理會。

「凌晨一點過後燈還亮著，表示當時凶手仍在這裡……」

「那麼，至少兩位知道我不是凶手了吧。那個時間我待在自己的住處，這一點和泉先生已充分調查過。」

潤一的說法令康正難以駁斥。要推翻潤一在半夜一點前的不在場證明是可能的，但只要住在同一棟公寓的佐藤幸廣沒有說謊，他在一點到兩點之間的不在場證明就是完美的。

這麼一來，還是——康正看向仍在睡夢中的弓場佳世子。

「不，就算燈亮著，凶手當時也不見得在這裡。」這時加賀卻唱反調。「也許當時園子小姐還活著，行凶是更晚以後的事。」

「半夜兩點之前，我都待在自己的住處。」

「只要搭計程車，兩點半就到得了吧。其他人就算了，既然是你，即使是在那個時間，園子小姐也會毫不懷疑地讓你進屋吧。」

「我來這裡是晚上十一點的時候。」

「你能證明嗎？」

「我怎麼可能提得出證明！爲了證明沒有來這裡，我甚至連不在場證明都準備好了。」

「那還眞是諷刺。」

「不過，」康正開口：「這傢伙來這裡的時間，應該就像他本人說的，是十一點左右吧。」

「這時候您卻轉而爲他辯護了？您爲什麼會這麼想？」加賀問。

「因爲住在樓上的酒店小姐的證詞。她說只有那晚這一戶在半夜一點多仍亮著燈，所以當時應該已出事。此外，還有行李也是。」

「行李？」

「如果沒有遇害，園子本來預定隔天要回名古屋。爲了遠行她當然會有所準備，可是屋裡卻沒有那樣的跡象。所以推測在她收拾行李之前有人來了，比較符合事實。」

「那就是我。」潤一扭動身體，一副拚命力爭的模樣。

「如果是這樣，爲什麼半夜一點過後燈還亮著？」加賀問。

「那是因爲屋裡一直維持我離開的時候的狀態……」

「你是說園子小姐仍活著？那定時器的矛盾呢？」

和剛才那段對話的結果一樣，潤一再度沉默。但這次他不久後又開口。

「那個酒店小姐的證詞錯了。一點多燈還亮著，是她的錯覺。」

加賀舉起手，做出投降姿勢，臉上卻沒有絲毫開玩笑之意。

康正想像當時的情景。假如潤一沒有說謊，那麼他就是在中止殺人後，於十二點多離開這裡，否則他無法在半夜一點之前回到自己的住處。這時門是鎖上的，園子仍在沉睡。

這種狀態持續了一陣子。酒店小姐在半夜一點多目擊到窗口的燈亮著也說得通。

然而，後來園子死了，室內的燈也關了，而定時器是設定在半夜一點。

康正抬頭看加賀，「只有一種可能。」

「是啊，」加賀似乎也想到同樣的情況，立即表示同意：「但能證明嗎？」

「不需要證明，因爲我沒有審犯人的意思，只是……」康正望向仍在睡夢中的佳世子。

「看來有必要叫醒睡美人了。」

加賀語帶揶揄，想來是疑惑在這種狀況下要如何叫醒弓場佳世子。佳世子睡得很熟，光是出聲是叫不醒的。

「你出去。」康正對加賀說：「剩下的我自己解決。」

「只靠您是找不出眞相的。」

「我可以。」

「您不知道最重要的關鍵。您以爲我能提供的情報，只有酒店小姐的證詞而已嗎？」

「如果你有別的情報，就現在說。」

「恕我無法從命，因爲那是我的王牌。」

「我一樣有王牌。」康正舉起兩手中的通電開關。

「按下那個開關，您什麼都得不到。不知道眞相就不算報仇。」

加賀對康正投以銳利的目光，康正直視著他，全身不由得起了雞皮疙瘩。

「你出去。」康正說，加賀搖頭。看他這樣，康正繼續說：「只要在我叫醒她的這段時間出去就好。等她醒了，我再讓你進來，如何？」

「一言爲定？」

「一言爲定。但你得答應我，出去以後不會從外面切斷電源。要是這麼做，你當然不用想再進來，而我只要換別的報仇手法就行了，反正這屋裡有菜刀。」

「我明白了。」

加賀轉身開鎖，把門打開。寒氣一湧而入。加賀回頭看了康正一眼，才走出去關上門。

康正提防著加賀會突然闖進來，維持著隨時能衝向通電開關的姿勢，朝門口走去。但加賀並未趁虛而入，康正把門鎖上。

他打開包包，取出那瓶阿摩尼亞，拿進寢室。弓場佳世子以脖子不自然彎曲的姿勢睡著，發出規則的呼吸聲。

康正打開瓶蓋，往她的鼻子靠過去。很快就有反應，她馬上皺眉仰頭。瓶子湊得更近一些，她眉頭皺得更緊，眼睛微微睜開。

「起來。」康正略微粗暴地在她臉上拍了兩下。

弓場佳世子的腦袋似乎還不太清醒。康正再次把裝有阿摩尼亞的瓶子拿到她的鼻前，這次她的身體大大地後仰。

康正走到廚房倒了一杯水，再回到她那裡。然後打開她的嘴，把水倒進去。她開始喝水，但沒喝多少就嗆到咳嗽，這樣一來她反倒清醒了。只見她眨了眨眼，環視四周。

「現在……怎麼樣了？」

「目前仍在追查眞相。輪到妳說實話了。」

康正來到玄關，透過從防盜眼往外看。加賀背對門站著。康正一開鎖，加賀似乎是聽到聲音，轉過頭來。

「好了。」說完，康正回到通電開關附近。

門開了，加賀走進來。他望向寢室裡的弓場佳世子。

「妳覺得怎麼樣？」

「這究竟……是怎麼回事？」搞不清狀況的佳世子，因潤一被綑綁的模樣與刑警的出現，眼中露出畏懼與困惑之色。

「和泉先生堅持是妳或我殺害園子小姐，怎麼也說不聽。」潤一應道。

「我說的是事實。」

「怎麼會……我不是說了嗎？我本來想殺害園子，後來就住手了啊。」

「現在已釐清那是妳的謊話。這個人招認，剛才妳說的那些其實都是他幹的。」康正朝潤一揚揚下巴。「這樣推敲也比較合理。」

「潤一先生……」

「我全說了。我做了種種布置想殺害園子小姐，但看了她寫給我的信後，我就打消了主意。」

「可是，」康正接著說，「園子不是自殺。如果是的話，半夜一點多園子應該死了，卻有人看到這個房裡的燈還亮著。」

佳世子似乎無法立刻明白這幾句話的意思。沉默了幾秒，她突然睜大眼睛，不清醒的表情頓時消失。

「如果佃沒有說謊，只有一種可能，就是佃走了之後有其他人進來。那麼，園子被下了安眠藥睡著，還有誰能夠進來呢？佃說離開時門上了鎖。」康正瞪著佳世子，「那就是擁有備份鑰匙的另一個人，也就是妳。」

「我爲什麼要……」

「當然是爲了殺害園子，很巧的是，妳和佃決定在同一晚行凶。」

「不是的。」佳世子猛搖頭。

康正不理會，繼續道：

「但妳進來後，才知道有人來過。從被丟棄的電線、寫在週曆背後的留言，妳看出佃本來想做什麼。於是，妳想到一個大膽的主意。妳決定利用佃中止的計畫殺害園子，再布置成自殺。」

弓場佳世子不斷搖頭。眼周是紅的，臉頰卻十分蒼白。

「對妳來說，最重要的不光是要騙過警方，還必須騙過佃。佃好不容易打消了殺人的念頭，妳卻大膽完成，要是他知道了，難保不會對你們的關係造成影響。於是，妳不僅進行了僞裝自殺的工作，也針對佃做了一些布置。另一個酒杯沒有清理，是因爲園子不可能在自殺前特地清洗其中一個酒杯。把寫了留言的週曆和照片一起燒掉，是在表達園子的憤怒和悲傷吧。順便再說一句，沒有燒乾淨，留下一些殘骸，也是故意的。要是不知道燒了什麼，就沒有意義了。還放了兩個安眠藥空藥包，設想得非常周到，若是園子醒來又吃安眠藥，自然會有兩個空藥包，否則就很奇怪了。但這些細節都不是做給警方看的，是爲了讓佃以爲園子是自殺。妳不知道現場的狀況會公開多少，爲了避免到時事情傳進佃的耳裡，才做了這些安排。」

「牽強附會！」出聲大叫的是潤一。「明明什麼證據都沒有，你憑什麼這麼說！根本是胡亂栽贓！」

「那麼，你能提出其他合情合理的解釋嗎？還是你要招認，終究是你下的毒手？」

「你沒有證據可以證明佳世子小姐來過這裡。」

「其他有備份鑰匙的人，就只有她了。」

「聽說只要有心，誰都可以撬開門。」

「你可以問加賀刑警，鑑識人員有沒有發現門被撬開的痕跡。」

聽到康正的話，潤一抬頭看刑警。刑警默默搖頭。

「這種事……」弓場佳世子的聲音像是硬擠出來的，「我從來沒想過這種事，中止行凶後，卻由其他人布置成自殺，加以殺害……」

「只有警察才想得出這種離奇的劇情，我們根本難以想像。」潤一尖叫道。

佳世子一臉茫然，無神的雙眼望向半空，再次搖頭。

「我沒有殺害園子。」

「剛才明明說本來想殺她，還哭了，現在卻又反過來說沒有？」

「她是爲了袒護我才說謊的。」潤一搶著解釋，「她現在說的才是眞的。」

佳世子垂下頭，開始啜泣。康正看著她，只覺得空虛。早在多年前，他就知道眼淚不值得相信。

「我沒有理由相信妳，如果妳能提出更有力的解答，就另當別論。」

佳世子沒有回話，只是哭個不停。

「這段情節我也思考過。」這時，加賀插嘴：「第二個侵入者考慮到前一個入侵者而進行僞裝工作，這麼想一切都說得通了。除了剛才和泉先生說過的事之外，還有葡萄酒瓶。爲什麼酒瓶是空的，我和您談過了。如果是這樣，也就能解釋了。換句話說，眞凶雖然知道園子小姐被下了安眠藥，卻不知道藥是下在哪裡。只下在葡萄酒杯裡，還是葡萄酒瓶裡？於是，爲了保險起見，把酒倒光，並清洗酒瓶。因爲在自殺的情況下，如果從瓶裡驗出安眠藥，未免太奇怪了。」

這是很有說服力的假設。

「謝謝你寶貴的意見。你說得一點也沒錯。」

「不過，就像我一開始說的，目前無法證明。沒有證據可以證明，弓場佳世子當晚來過這裡。」

「她的頭髮掉在這裡。」

「那是在星期三掉的。」佳世子哭著說。

「可是，沒有其他人的頭髮。這裡只找到妳、佃和園子的頭髮而已。」

「和泉先生，案發現場不一定每次都會有犯人的落髮。不少強盜犯案時會戴帽子，就是爲了避免頭髮掉落在現場。」

聽到加賀的話，康正的臉色變得很難看。他本來就知道這一點。

康正往弓場佳世子望去。佳世子仍低著頭，動也不動。剛才他還深信佃就是凶手，現在卻認爲這女人是凶手的機率遠高於佃。只要再有一項發現，應該就會變成確信。

他一一回想現場採集到的種種物品。燒剩的紙片、頭髮，其他還有什麼？

康正想起好幾個疑問沒有得到解答。之前以爲和園子之死無關的那些事，眞的無關嗎？

頭髮……戴帽子的強盜——

一則新聞報導在他腦海閃現。報導中的關鍵字刺激了他的思路。一陣快感竄過全身，彷彿夾在齒縫裡的魚刺被拔了出來。

他閉眼幾秒，然後張開。短短數秒內，他的直覺已化爲具體的想法。他抬頭看著加賀說：

「我可以證明。」

2

「您有什麼線索嗎？」

「有。」康正迅速將身旁的包包扔到加賀面前。「這裡面有一個用釘書機封口的小塑膠袋，還有一根塑膠繩，拿出來吧。」

加賀蹲下來在包包中翻找，很快就找到了。

「是這個和這個吧。這些是什麼？」他雙手各拿著一樣東西問。

「你看塑膠袋。仔細瞧瞧，袋裡有一點沙土吧？」

「有。」

「那是我發現園子的遺體時，在這裡採集到的。那些沙土就像是有人穿鞋進屋所帶進來的。」

「穿著鞋？」

「那條塑膠繩也是在這裡撿到的。我本來覺得和園子的死無關，但仍先保存下來。」

「這麼說，您認爲這兩樣東西是有意義的？」

「對，」康正回頭看弓場佳世子，「足以令人產生十分暴力的想像。緊要關頭，還是女人有膽量。」

佳世子的嘴唇微微動了動，但沒有發出聲音。她望向潤一。

「你在胡說八道什麼！別信口開河！」潤一說。

「只要一查就知道我不是胡說。」康正再度抬頭看加賀，「剛才我以爲，弓場雖然也是爲了殺死園子而來到這裡，但她承接了佃的計畫，布置成自殺。你似乎同意這個推論。那麼，你認爲弓場本來準備用什麼方法殺害園子？」

「這我就不知道了。」

「我想也是。不過我知道，弓場打算勒死睡著的園子，就用你手上那條塑膠繩。」

加賀訝異地微微側頭：「爲什麼您會如此斷定？」

「你應該馬上就會明白。獨居的女子、勒死、穿著鞋——這些不會讓你有所聯想嗎？」

加賀將這幾個詞反覆念了幾次。很快地，這位直覺敏銳的刑警再度展現出他的精明幹練。

「粉領族命案？」

「沒錯。」康正點點頭，「就是發生在你們轄區內的粉領族連環命案。我記得專案小組就設在練馬警署吧？凶手的作案手法，就是穿著鞋闖入屋內，對睡著的女子施以暴行，用繩索勒死被害人，有時也會洗劫財物。弓場就是想要仿照這個模式，讓園子看起來是被同一個凶手所殺。」

「太可笑了！」潤一大聲說。「就算眞的有人那樣潛進來，也不能證明那就是佳世子小姐。」

「所以我說一查就知道。」

「查什麼？」

「車子。弓場佳世子有一輛MINI Cooper，她當時應該是開那輛車來的。因爲就算來的時候有電車，回去的時候恐怕已沒電車可搭。只要查一查車裡殘留的沙土，就能判斷出是不是和加賀刑警手裡拿的一樣。」

「我明白了。我馬上安排查驗。」

加賀這麼說，康正卻搖頭。

「沒那個必要。」康正注視著佳世子說：「看她的臉就知道這段推理正不正確了。」

她閉著眼睛，臉上毫無血色。

康正繼續對佳世子說：「好了，妳有話就說吧！我沒有任何疑問了，所有的眞相我都釐清了。就算妳當場死在我眼前也沒關係。」

「住手！」潤一大叫。

佳世子終於抬起頭，「不是的……事情不是那樣的。」

「這種話不管妳說多少遍，我也不會再受影響了。」

「求求你聽我解釋。就像你說的，那天晚上我來過這裡，這是眞的。因爲一連發生幾起粉領族遇害的案子，我打算仿照那種手法，這也和你說的一樣。我覺得自己當時一定是瘋了，失去理智。」

「現在妳又要說自己是一時精神錯亂？」

「不是的。即使是一時的，但企圖殺害園子是不對的，所以我才會把潤一先生做的事當成我做的，向和泉先生認罪。即使方法不同，我的確曾有殺她的念頭。可是最後我沒有動手，絕對不是騙人的。」

「又來了。」

「和泉先生，換我來問。」加賀打斷康正的話，對弓場佳世子說：「那天妳是什麼時候來這裡的？」

「我想應該是晚上快十二點的時候……」

「妳是怎麼進來的？一來就用備份鑰匙開門嗎？」

佳世子搖搖頭，「我先按了門鈴，因爲我以爲園子還沒睡。」

「爲什麼？」

「你剛才不是也說了嗎？從外面就看得到這裡的窗戶，當時燈還亮著。」

「妳是打算等熄燈後再潛進來嗎？」

「唔……我想了兩個對策。」

「哪兩個？」

「先開鎖，如果沒扣上門鍊就直接潛進去。要是扣上了門鍊，我就再把門鎖上，改按門鈴。」

「如果園子小姐醒著，妳要勒死她恐怕很困難吧。妳的身形遠比她嬌小，即使這樣，妳也要下手？」加賀提出理所當然的疑問。

「我和潤一先生一樣，打算找機會讓她睡著，所以我也準備了從她那裡要到的安眠藥。」

又是安眠藥啊——加賀輕輕搖頭。「結果燈亮著，於是妳按了門鈴，卻沒有人應門。當時妳怎麼做？」

「我沒想到會這樣，遲疑了一下，最後大膽地開了鎖。結果門鍊沒扣上，我就直接進去了。」

「進去後，看到屋裡有佃放棄行凶的形跡嗎？」康正說。

「不，不是那樣……」佳世子欲言又止，她徵求潤一的同意：「我說了喔？」

「說吧。」潤一回答，滿臉無奈。

「我來的時候，」佳世子嚥了一口唾沫，「潤一先生還在這裡。」

「什麼？」康正吃了一驚，轉頭看潤一。

潤一移開視線，咬著嘴唇。

「很有可能。」加賀說。「如果不到十二點，他可能還在這裡。隔壁的女子聽到的男女對話，原來是他們兩人。」

「想殺害園子的兩人遇個正著是嗎？」康正感覺到自己的臉頰在抽搐。「教人想笑都笑不出來。然後呢？你們達成共識，一起下手？」

「不是的。當時他已打消殺害園子的念頭，在收拾了。可是突然有人按門鈴，而且門又開了，倉促之下他躲在寢室門後。他一出現，我嚇得心臟差點停了。當然，他也很詫異。看到我那個樣子，他立刻明白我想做什麼。於是，他拿園子的信給我看……一封寫給潤一先生但沒寫完的信。看了之後，我才知道他改變心意的原因，同時也發現自己差點鑄下大錯。」

「換句話說，她也改變心意了。」潤一說。

「改變心意，然後呢？」加賀輪流看著兩人，繼續追問。

「我在小貓週曆後面留下剛才說過的文字，先離開了。因為我已叫人在半夜一點來找我，好讓我的不在場證明成立，我想在那之前回去。她說會負責收拾善後。」

「所以你們不是一起離開的？」康正確認。「妳留下來了是吧？」他看著佳世子。

她似乎明白這句話的含意，忽然驚覺般睜大了眼睛，接著猛搖頭。

「我只是稍微收拾一下，很快就走了。眞的，請相信我。」

「那麼，把葡萄酒倒掉的也是妳？」加賀問。

「是的。」

「爲什麼要倒掉？」

「我以爲酒裡摻有安眠藥。要是留著，園子誤喝就不好了……」

「原來如此。」加賀看看康正，聳聳肩。

「回家後過了一會，我打電話給潤一先生，跟他說我什麼都沒做就回來了，要他放心。」

「凌晨一點半時我的確接到她的電話。」潤一說。看來，就是佐藤幸廣和他聊天時打來的那通電話。「妳是什麼時候離開的？」康正問。

「十二點二十分左右。我鎖上門，把鑰匙放進信箱裡。」

「妳說謊，凌晨一點多有人看見燈還亮著。」

「我沒有說謊。我眞的是十二點二十分左右走的。」

「那麼，爲什麼燈會亮著？我發現遺體的時候，燈是關著的。」

「那是因爲……」佳世子一副在意佃潤一反應的樣子。

佃嘆了一口氣，接過話：「燈是第二天關的。」

「第二天？」

「是的。第二天我們來過這裡，我和她一起來的。」

「少胡扯了，這種話虧你編得出來。」

「慢著，」加賀插話，「再說得詳細一點。第二天，那就是星期六了。你們星期六來過這裡？來做什麼？」

弓場佳世子抬起頭，「我實在很擔心園子，打了好幾通電話，可是她都沒有接。我有不好的預感，坐立難安，於是找潤一先生商量。」

「所以，你們一起來查看是什麼情況？」

「是的，」潤一承認，「因爲我也很擔心。」

「當時你們按了門鈴嗎？」加賀又問佳世子。

「按了。」

「這和鄰居描述的一致。」加賀對康正說，接著問佳世子：「然後呢？」

「因爲沒有人應門，我們就用潤一先生的備份鑰匙開門進去。然後……」她緩緩閉上眼，又緩緩睜開，說道：「就發現園子死了。」

「是什麼狀況？」加賀看著潤一問。

「一言難盡……應該跟和泉先生發現遺體時一樣。唯一不同的是，當時燈還開著。我們只關了燈，其他什麼都沒碰，就離開了。」

「當時爲什麼不報警？」

「對不起。我們覺得一旦報警，肯定會被懷疑。」

加賀望向康正，以眼神問「你覺得呢」。

康正說：「定時器設定在凌晨一點。弓場聲稱走的時候是晚上十二點二十分左右，假使園子是自殺，她必須在短短四十分鐘內醒來，完成複雜的機關布置再自殺。」

「但這不是不可能。」加賀雙手插在大衣口袋裡，身體靠在門上，半張著嘴，低頭看康正。

對話就此打住。

不知是否風太強，陽台外傳來吹動什麼東西的啪嗒啪嗒聲，偶爾建築物也會發出嘰嘎聲。所以爛房子住不得——康正默默想著全然無關的事。

「您認爲呢？」加賀終於開口問康正，「他們的話有矛盾嗎？」

「你覺得這種話能信嗎？」康正沒好氣地說。

「我明白您的心情，但既然沒有材料能明確否決，就不能把他們當成殺人凶手。」

「我說過好幾次，我不是要審犯人，我只要心中有所確信就夠了。」

「那麼，您有所確信了嗎？您能夠斷定是誰殺害了令妹嗎？」

「當然可以，就是這個女的。」康正看看佳世子，「綜合目前所知，降低到兩種可能性。其一就如同這兩個傢伙說的，園子是自殺。其二則是留在現場的這女人殺了園子。但園子不是會自殺的人，所以這女人就是凶手。她說看了那封信後改變主意，可是一個人的殺意不是那麼簡單就能消除的。」
「您也不能斷定令妹絕對不會自殺吧。當初發現遺體時，您應該也以爲是自殺。」
「那是我一時鬼迷心竅。」
「您無法斷定那樣的鬼迷心竅不會發生在令妹身上吧？」
「夠了，你是不會懂的。我最瞭解園子了。」
「那麼，佃呢？佃已排除嫌疑了嗎？」
「我也沒有殺人。」佃噘起嘴。
「閉嘴！」加賀踢了他一腳。「我正在跟和泉先生說話。——怎麼樣？他是清白的嗎？照您剛才的說法，最後留在這裡的是弓場佳世子，所以您認爲她是凶手。那麼，弓場回去後，如果佃又來了呢？」
「……你說什麼？」
康正無法立刻理解加賀的話，花了幾秒在大腦中整理。
「不要亂講！」佃拚命抗議，「我有什麼必要非再來這裡不可？我都改變主意了。」
「沒錯，他沒有理由回來。」這時康正只能同意佃的說法。
「是嗎？」
「不是嗎？」
「的確，如果他是因決定不殺人而離開，便沒有回來的理由。可是——」加賀的右手食指豎起來，「如果不是這樣呢？」

「不是這樣？你是什麼意思？」

「假如佃並沒有改變主意，只是礙於弓場佳世子出現，他不得不中斷計畫離開呢？共謀殺人這樣的祕密，極有可能造成彼此的不幸。於是他先回避了這個場面，等到過了一定的時間，才回到這裡達成目的，這不也有可能嗎？」

「你是說……」康正望著加賀粗獷的臉，思考他這段難以理解的話，卻想不出個所以然。「我不懂你的意思。」

「弓場佳世子說她來到這裡時，佃已中止犯案。但這只是她的想法，也可能是她不假思索就全盤接收佃的說詞，以爲他中止了計畫。」

「你是說，其實並不是這樣……」

「不是的，我眞的……」佃拚命想辯解。

「我叫你閉嘴，沒聽到嗎？」加賀罵道，再次面向康正。「交給弓場善後，回到自己的住處之後，佃認爲還是應該殺死園子小姐，於是再度回到這裡，這是很有可能的。他把弓場佳世子丟棄的電線重新裝設妥當，大膽下了殺手。不過，要布置得讓弓場以爲是眞的自殺才行。剛才和泉先生對弓場說的話，同樣可以用在這裡。換句話說，他不得不讓拿出來的兩只葡萄酒杯維持原樣，也不得不把他留給園子小姐的文字燒掉，而且要讓人認得出來。再來是不得不再多留一個安眠藥的空藥包。做完這些僞裝後，他才敢離開現場。當然，這些並不在佃預定的計畫內。其實他打算一開始就殺了園子小姐，並搞定凌晨兩點以後的不在場證明。然而，由於他得再出門，特地安排好的詭計也就白費了——」

一口氣說到這裡，加賀才問康正：「如何？」

康正嘆了一口氣。「你什麼時候做出這番推理的？總不會是當場想到的吧？」

加賀苦笑。「嫌犯刪除到只剩弓場佳世子和佃潤一後，我試著做出各種假設，當然是符合狀況的假設。我認為您是拼湊物證建立假設的專家，但在命案方面我比您更專業。」

「原來如此。」

「剛才的假設有矛盾嗎？」

「沒有，」康正搖搖頭，「符合一切的條件。只是，」他抬頭看加賀，「即使在這種情況下，弓場依然有可能是凶手。」

「您說得沒錯。」加賀點點頭說道。「更進一步地說，園子小姐自殺的可能性也依然存在。」

康正發出一聲呻吟。

凶手是將佃潤一未完成的殺人計畫繼續執行的弓場佳世子嗎？

或者，是佃潤一再次執行因佳世子而中斷的殺人計畫？

亦或，到頭來其實園子是自殺？

康正並沒有料到，不斷探尋眞相，竟會得到這樣的結果。就像他一開始對加賀說的，他認爲就算沒有證據，只要找到自己確信的答案就好。

然而事到如今，他對這三個答案都沒有把握了。

「你們老實說，」康正輪流瞪視兩個嫌犯，「下手的到底是誰？」

「不是我們。」潤一回答。長時間的拘禁與精神上的疲勞，使他的聲音失去活力。

「你一開始就搞錯了。」

「園子是對我們的所作所爲太過震驚，才會自殺。從這一點來說，是我們兩個害死她的……」

「我要聽的不是這個！」

面對康正的怒吼，兩人陷入沉默。

棘手的是，現在不只是一方在袒護另一方的問題了。此時此刻，不是凶手的那個人，想必仍相信著對方，眞心認爲園子是自殺。

「和泉先生，」加賀平靜地說：「這場審判可以交給我們嗎？依目前的狀況來看，這已是極限。」

「交給你們又能如何？還不就是找不到答案，以自殺了事嗎？」

「不會的，我可以發誓。」

「這可就難說了。你的上司一心想當成自殺來處理，反正我要在這裡做個了結。」

「和泉先生……」

「別再跟我說話。」

3

康正自知臉上已冒出一層油，很想拿濕毛巾抹一抹。然而，他不能放開握在雙手中的通電開關，因爲加賀就在等那一刻。

康正開始有尿意了。幸好佃潤一和弓場佳世子都沒有提起這件事。不過這種狀態不可能永遠持續下去，他必須先想好到時該如何處理。

康正心急如焚，暗想非找出答案不可。若現在找不到，以後就再也沒有親手報仇的機會了。

但他能夠找到答案嗎？

康正在腦中將所有的線索都檢查過一遍。

只能束手無策了嗎——忽然有種放棄的心情。他抬頭望著加賀。刑警背對康正坐在玄關門口，穿著大衣的寬闊背影似乎靜待著什麼。

一定是在等我放棄吧——康正心想。這位刑警知道我找不到答案。

那麼，他就找得出來嗎？

康正想起剛才這位刑警說的話：

「不會的，我可以發誓。」

康正覺得很不可思議，爲什麼他能說得如此篤定？先前他引用樓上那個酒店小姐的證詞，推論園子之死並非自殺，不過後來那又不能當作依據了。可是，他現在還敢充滿自信地這麼說，爲什麼？

這表示他手中有別的牌嗎？

康正只感到心急難耐。他自認是做假設的專家，但在命案方面也許眞的是這個人比較高明。

康正試著回想至今與加賀的所有對話，有好幾次這位刑警的話聽來都別有深意，而且之後幾乎都會發現確有其事。那麼，是否有哪些話是尚未找出其中深意的？

康正的視線移往加賀的身旁，只見羽球拍的握把從鞋櫃後面露了出來。

他想起他們討論過慣用手是左手或右手的事。當時，加賀說了一句吊人胃口的話：

「破壞中必有訊息。這句話在任何案件中都用得上。」

那是什麼意思？和這次的案子有什麼關係嗎？不，康正心想，應該沒有。

但這次有什麼東西被破壞了？電毯的電線被切斷了。其他還有沒有被切斷的、被弄壞的、被打破的東西？對了，他撕破加賀的名片，加賀對此說了一大套理論。跟這個有關嗎？

內心深處一陣刺痛，接著他只覺得眼前的迷霧頓時消散。

他問佃潤一：「你拿菜刀來切電線、削電線外皮的時候，戴著手套嗎？」

突然聽到這個沒頭沒腦的問題，潤一露出略感困惑的神情，才點點頭，答道：「是的。」

「後來，你在菜刀上印了園子的指紋嗎？」

「沒有，我沒能顧及這麼細微的地方，在那之前我就停止犯案了。」

「原來如此。」

所以菜刀上沒有園子的指紋，至少沒有凶手印上去的指紋。

之前加賀提出慣用手的事時，康正推測他是從凶手將園子的指紋印上去的行徑，發現凶手與園子不同，慣用手是右手。然而照潤一現在說的，菜刀上就沒有指紋了。

那麼，加賀爲什麼會執著於辨別慣用手呢？他從信件的撕法看出園子是左撇子，確實很厲害，但這件事與案子密切相關嗎？

他再次想起撕破名片的事。

幾秒後，他得到答案。

原來如此，所以加賀才確信園子不是自殺——

假使佃潤一和弓場佳世子說的都是實話，園子是自殺，那麼有幾件事就是園子親手做的。首先是燒掉留言的週曆和照片；其次是把電線貼在自己身上，設定計時器；再來是吃下安眠藥，躺上床。這些行爲當中，如果是由園子以外的人，在沒有注意細節的情況下進行，便可能留下與本人明顯不同的痕跡。而這與慣用手大有關係。

爲了找一個東西，康正的視線游移了一下，但很快就找到了。那東西就在加賀的旁邊。康正竟不知東西是什麼時候被移動到那裡的。

「不好意思，」康正說，「可以幫我拿一下那邊的垃圾桶嗎？就是上面有玫瑰圖案的那個。」

分明不可能沒聽到，加賀卻沒有立刻反應。在康正看來，這是一種表態。於是，他接著說：「或者幫我拿裡面的東西也行。」

這回加賀有反應了。他仍背對康正，左手彷彿有幾千斤重般拿起垃圾桶，整個倒過來。沒有任何東西掉落。

「你回收了是吧。」康正說。

加賀站起來，轉身面向康正，神色變得更加深沉。

「這並不代表已有答案。」刑警說。

「我想也是。對你來說，或許是這樣，但我已有答案，因爲我親眼目睹那一刻。」

聽到康正的話，加賀大大吸了一口氣。看到他這個樣子，康正點點頭。

「你也可以因爲我這句話得到答案，省了送去鑑識這道手續。」

然後，康正注視手上的通電開關。他再也沒有任何疑惑，眞相已完全揭曉。

「什麼意思？」佳世子的聲音變調了。

「好好說清楚啊！」潤一大吼，眼裡滿是血絲。

康正冷冷一笑。「我用不著再向你們說什麼，答案早就出來了。」

「什麼叫出來了？」

「你們看就知道了。」康正將拿著通電開關的雙手緩緩舉到與臉同高，說：「來吧，瞧瞧留下來的會是誰？」

兩名被告的臉色鐵青。

「等一下。」加賀出聲。

「你阻止不了我的。」康正看也不看加賀。

「這樣報仇沒有任何意義。」

「你不瞭解我的心情。園子就是我生存的意義。」

「既然如此，」加賀靠了過來，「就不能和園子小姐犯同樣的錯。」

「犯錯？」康正轉頭看加賀，「園子犯了什麼錯？她一點也沒錯，她什麼都沒做。」

加賀瞬間露出痛苦的表情，先看了看佃潤一和弓場佳世子，視線又回到康正身上。

「您知道這兩人爲什麼要殺害園子小姐嗎？」

「我知道，因爲他們想在一起，園子是個阻礙。」

「爲什麼是阻礙？就算他們背棄園子去結婚，也不犯法。」

「三人之間有什麼過節我不管，也沒興趣。」

「這才是重點。園子小姐知道他們兩人的關係後，準備報仇。」

「報仇？怎麼報仇？」

「她打算揭露弓場佳世子的過去。」

「弓場的過去？」

康正望向佳世子。她的臉痛苦得皺成一團。她顯然知道加賀會說出什麼，感受到這些話即將帶來的痛苦。

看來，佃潤一也處於同樣的痛苦之中。

「我曾告訴您，園子小姐在遇害前的那個星期二遮臉出門的事吧。您認爲她到哪去了？」

「不知道。哪裡？」

「錄影帶出租店。」

面對意料之外的答案，康正有些吃驚。

「……去做什麼？」

「租錄影帶，」加賀回答，「她租了所謂的成人錄影帶。」

「我沒空聽你說笑。」

「我沒在說笑。令妹眞的借了這樣的錄影帶。」

「你怎麼知道？」

「令妹過世後，不是有廣告信寄到這裡來嗎？其中有一些郵購色情錄影帶的廣告。不知道您曉不曉得，會收到這種廣告的人，幾乎都曾在錄影帶出租店租過成人錄影帶。於是我到附近的錄影帶店去問，找到了當天令妹去的店。由於很少有女性租這種片子，店員也記得。當天她租的錄影帶片名留下了紀錄。那是一部很舊的片子，據店員說，主演的女優好像只演了這一部。我推測這位女主角可能與案情有關，便印出了一部分畫面，試著調查這部片拍攝當時令妹的交友關係，最後查出是她。」加賀往寢室裡的女人一指。

她彷彿與外界隔絕，雙眼緊閉。或許是事隔多年之後，爲年輕時追求金錢的無知感到後悔。

「我向園子小姐提分手時，園子小姐把佳世子小姐的過去告訴我，說了些那種女人配不上我之類的話。」潤一頭也不抬地說：「我雖然感到十分驚訝，但我認爲一切都已過去，決定不予理會。不料園子小姐說，要是我和佳世子小姐結婚，就要把錄影帶寄給我父母……還要公諸於世。」

「放屁！園子才不會說這種話。」

「是眞的。而且她還以此威脅佳世子小姐，說如果不和我分手，就要把她過去的事告訴我。她看出我在佳世子小姐面前，從未提起這件事。」

「放屁！聽你在胡扯！」

「和泉先生，」加賀開口，「園子小姐本來打算向隔壁鄰居借攝影機，這您也知道吧？攝影機不僅可以攝影，也有錄影機的功能。她的目的是用來對拷那捲帶子。」

「但最後她沒有借用。」

「是的。在最後關頭園子小姐清醒了，發現這種行爲只會貶低自己的價值。」加賀拾起掉落在腳邊的信紙。「這裡寫著——就算把靈魂出賣給惡魔，毀了你們的幸福，到頭來我仍一無所有，只是徒留一具拋棄人類尊嚴的可悲空殼。您現在按下通電開關，等於是把靈魂出賣給惡魔。這樣解決不了任何事情。」

加賀的聲音在室內回響了片刻。

康正看著自己的手。兩個開關被手心滲出的汗水濡濕了。

他再次將兩個開關拿到與臉等高。佃潤一與弓場佳世子充血的眼裡，只映出這兩個開關。他們連聲音都發不出來了。

終於，康正放開其中一個開關，只留下連接在凶手身上的那一個。

「和泉先生！」加賀大叫。

康正注視著加賀，然後又凝視著凶手。他的手指放在開關上。

凶手尖叫，不是凶手的那個人也發出慘叫。

康正指尖使力，眼角餘光瞥見加賀飛撲過來。

康正被猛力撞倒在地，開關從他的手中鬆脫，變成「ON」的狀態。

加賀轉頭望向凶手。

然而——

什麼事都沒發生。沒有人死去。凶手呈現恍惚狀態，空虛的目光在半空中飄蕩。確認凶手無恙，加賀才又面向康正。

「開關本來就沒接上。」

康正冷冷地說，然後慢慢站起來。或許是長時間維持同一姿勢，膝蓋嗶啵有聲。加賀緊抿雙唇，注視康正。他向康正低頭行禮：「謝謝您。」

「再來就交給你了。」

兩個男人在狹小的室內錯身而過。康正穿上自己的鞋子。

他打開門，往外面踏出一步。風吹痛了眼睛。

他試著去想園子的事，但心愛的妹妹的面孔，此刻無法清晰浮現。

過了一會，加賀走出門外。

「我和署裡聯絡了。門鍊的事，您願意說實話吧？」

好——康正點點頭。

「你以爲我會殺掉凶手嗎？」

「好犀利的問題啊！」刑警笑了。「我相信您，眞的。」

「好吧，我就當成是這樣。」

開關內部沒有連接起來是因爲——

希望以後有機會能再和你一起喝酒——如果這麼說，他會出現什麼表情呢？康正如此想像著。而這個想像稍稍撫平了他的心緒。

「總覺得白忙了一場。」

「您是指……？」

「誰殺了園子——或許只要知道這一點就夠了。」

加賀什麼都沒說，指著遠方的天空。

「西邊好暗啊。」

「也許會變天吧。」

康正抬頭觀看天色，好讓眼淚不會掉下來。

（全文完）

解說——寵物先生

非整除的「除法文學」

＊本文涉及小說情節，未讀正文者請勿閱讀

我知道有種讀者，他們在閱讀一本書前，是絕不會去看相關介紹的，導讀自不待言，甚至連封面、封底文案都盡量略過。究其原因，不外乎想屏除先入為主的觀念，以最純粹的心態欣賞作品，某方面來說也是種自保——尤其是推理小說，既然不知何處會有洩漏關鍵劇情的危險，只好杜絕一切可能的管道。

那麼，可以想見這類讀者在讀完《誰殺了她》之後的反應。「啊，這樣就結束了？」「凶手到底是誰……」「該不會沒寫完就出版吧？」諸如此類的疑惑。

從這點來看，有點預備知識或許比較好，若是讀過先前獨步出版的東野圭吾隨筆集《大概是最後的招呼》，對本書的「預防針」就更完備了。裡頭詳細記載了這麼寫的理由：一般的猜凶手小說，讀者心態就像《名偵探的守則》其中一篇〈意外的凶手〉所描述，會以類似賭馬的賠率來猜凶手，並不會認眞去推理。東野百般考量之下採用這種寫法，目的就是強迫讀者一起動腦（借用古典推理的理念來說，就是與偵探來一場「智性遊戲」），可說是一種嘗試。本書在日本出版後編輯部接到數不清的詢問電話，網路上也引起廣泛討論，就這兩點來看算是成功的——儘管作者出版前老是擔心讀者前來抗議。

會擔心是有理由的。可能有人認為東野杞人憂天，即使是推理小說，結尾不明或是交由讀者決定的作品所在多有，何必這麼提心吊膽？但《誰殺了她》與所謂的「開放式結局」或是「哪種結局都不好，乾脆沒有結局」的riddle story式（謎題故事）寫法不同，主角康正與系列偵探加賀，最後明顯對真相是有定論的（**還特地暗示垃圾桶裡的藥包與慣用手的線索**，擺明是給讀者的餌）。換言之，這不是「結局交由讀者決定」，而是「我有準備結局但就是不告訴你」，說得難聽點，等於是和讀者作對，也難怪東野會惴惴不安了。

究極本格推理的一場實驗

本書為「加賀恭一郎系列」的第三作，前承《沉睡的森林》、《惡意》，但對這位主人公的背景並沒有額外「承上啓下」的著墨（頂多重提一次他拿過兩屆全國劍道冠軍）。內容方面，也多集中在案件的鋪陳，以及為重現真相的反覆辯證，劇情線相對單純，以現今觀點來看，或許會被說成是「推理多故事少」的小說。

不過我們知道，在「致力於描寫人性的東野」之前，他也有過一段本格推理的求道時期，努力探索內心所能想到的解謎形式。《放學後》、《十字屋的小丑》、《沒有凶手的殺人夜》、《在大雪封閉的山莊裡》、《名偵探的守則》等書都蘊含東野對「本格推理」的想法、期盼與改革，因而接下來會寫出《誰殺了她》如此具實驗性的作品，也就不意外了。

他的推理界前輩土屋隆夫說過：「偵探小說是除法的文學。」提出「**事件÷推理＝解決**」的算式，主張案件經由推論得出的眞相，不能留有任何「餘數」（未解決的部分）。《誰殺了她》的結尾，無疑留下了餘數；然而，這個餘數是否眞如想像的那麼大呢？

或許不少讀者注意到了，本作有個以解謎推理來看相當致命的點：長篇架構下，案件嫌疑犯只有兩人。

這是缺點嗎？若是一般的解謎推理，它的確是，因爲太好猜了。然而在東野刻意刪去部分眞相的設計下，它反倒成爲一種優勢：二選一的推理線不會太複雜，對讀者來說較親切。且康正和加賀還是很貼心地分析案情，幫忙排除各種可能性，經過最後急轉直下的嫌犯告白，很多疑點都解開了（例如桌上爲何會有兩個藥包），讀者連共謀、自殺的可能性都不用考慮，**因為加賀斬釘截鐵地對康正發誓，他不會以自殺結案**，而錄影帶的殺人動機也明白揭示在眼前。換句話說，讀者要做的，眞的只剩下在兩個凶手中挑一個，以及怎麼挑，用什麼根據判斷而已。

這樣的解謎推理或可說是留有「餘數」，但不是很大的餘數。或者用另一種說法：它只是無法整除。讀者只需稍微動一下腦袋，將算式進展到小數點以下幾位，就能完成這個除法的解，就某方面來看，它並沒有背離土屋隆夫的「除法文學」理念太多。

不僅如此，《誰殺了她》正因將讀者拉入推理的行列，使得在本格推理「線索的呈現」上，更存在著莫大的創新。

以往本格推理的線索（或者該說「推論出眞相所需的材料」），都是偵探隨著故事進行，經由調查一步步得來，也可說是「故事之神」——作者所賦予。然而，作者給予筆下角色的「線索」並不一定會公平地給讀者（這也是許多古典推理作家會強調「公平性」的理由）。

東野圭吾向讀者下的戰書

本書在日本出版後，於網路上引起討論熱潮，讀者們幾乎已達成共識，認爲凶手就是「某個人」了，相信這也符合作者的心願（如果大家最後各執一詞，東野應該會很苦惱吧）。然而，細觀網友們的推論關鍵，不外乎**嫌犯與死者使用刀子、撕藥包的慣用手，以及加賀相當確信不是自殺，最後康正恍然大悟的反應……**等上述幾點。

也就是說……讀者若要得知眞相，除了注意有形的物件，**還得觀察主角與偵探的反應**才行？那爲何書中的角色就不用？因爲「不公平」啊！角色可以看見讀者沒看見的東西，讀者只能觀察該角色的反應進行判斷。原本在本格推理會形成扣分項目的「不公平」，到了《誰殺了她》這部「讀者也得參與推理」的小說裡，也形成線索給予的不對稱——換個方式說，就是「給角色的線索」和「給讀者的線索」不完全相同，卻都能得出眞相，這點至爲有趣。

順帶一提，本作在推出文庫版時，結尾拿掉了某個關鍵提示以增加困難度，並在書末附有封裝起來的「推理指南」引導讀者推理——雖然還是沒有明白說出凶手是誰。

如果你看到這裡還沒有推斷出眞相，請再加把勁。其中的邏輯不會很難，絞盡腦汁一定想得出來。加油吧！回應東野的挑戰書！

本文作者介紹

寵物先生，本名王建閔，台灣推理作家協會會員。雖然自己寫本格推理，也覺得東野這樣寫很厲害，但自認太膽小而不敢嘗試。

補遺　給想不出來的人

接下來會說明《誰殺了她》網友討論出的眞相，若不想知道請儘速把書闔上。

根據兩名嫌犯的事後供述，當潤一在布置房間，打算將園子之死僞裝成自殺時，撞見想用塑膠繩絞死園子的佳世子，兩人各自打消計畫回家。這裡出現了分歧點，其中一人沒回家，而是重回現場殺害園子。

前面已提過，眞相和慣用手有關。死者園子是左撇子，但拿筆、筷子都是用右手，因此**兩名嫌犯並不知道這點**。康正的推論中也提到，從電線外皮碎屑沾付在菜刀上的位置，可推定是慣用右手的人所爲。從供述來看，削去電線外皮的人是潤一，亦即，**潤一是右撇子**。

現場桌上有兩個撕開的安眠藥藥包，其中一個確定是潤一進行僞裝作業時**用右手撕的**。問題在於另一個藥包，如果是園子在兩人離去後起床，爲了自殺而撕開，那就會是用左手撕；但根據**加賀在結尾斷定不是自殺**的表現來看，很明顯不是用左手，而是**和第一個藥包一樣用右手撕**。加賀是根據指紋的鑑識結果得知的。

於是我們得到兩個結論：一、**潤一是右撇子**。二、**後來返回園子住處，殺害她的凶手是右撇子**。

因此最後的問題，在於佳世子是左撇子還是右撇子。雖然書中描述她在進入園子的喪禮會場時，用右手握毛筆寫下住址姓名，但從園子的案例來看，那也可能是矯正後的結果。眞正的判斷依據還是在於最後一幕，康正逮住打算拿回錄影帶的佳世子時，逼她服下的安眠藥藥包；那個藥包，是佳世子自己撕開的。

文中並沒有說明佳世子是用哪一手撕開。但那個藥包後來被加賀從垃圾桶撿走，康正因而回想起她撕開的那一幕。從康正的反應可知他有了結論，**那麼，在什麼情況下才會有結論呢？**

如果佳世子是用右手撕開藥包，就和潤一相同，康正無法得出結論。換言之，**佳世子是用左手**。

故得知，凶手是佃潤一。

上述邏輯不能說完全嚴謹，尤其是以**每個人撕藥包都會用慣用手**這點作爲大前提，這前提若不成立就根本無用……不過細觀古今中外的推理小說，完全嚴謹的邏輯也幾乎不存在吧。

附帶一提，本書最早的版本（Novels版）有明確寫出**佳世子用左手撕開藥包**的敘述，到了文庫版則被刪去了，讀者只能用反推法得知結論。獨步版則是譯自文庫版。

國家圖書館出版品預行編目資料

誰殺了她／東野圭吾著；劉姿君譯. -- 二版. - 台北市：獨步文化：家庭傳媒城邦分公司發行，2023.11
面；　公分. --（東野圭吾作品集；32）
譯自：どちらが彼女を殺した
ISBN 9786267226810（平裝）
ISBN 9786267226841（EPUB）
861.57　　112015219

東野圭吾作品集32 誰殺了她

原著書名／どちらが彼女を殺した
原出版社／講談社
作　　者／東野圭吾
翻　　譯／劉姿君
責任編輯／陳亭妤（初版）、陳盈竹（二版）

編輯總監／劉麗真
榮譽社長／詹宏志
發 行 人／何飛鵬
出　　版／獨步文化
城邦文化事業股份有限公司
115台北市南港區昆陽街16號4樓
電話：(02) 2356-0933　傳真：(02) 2351-9179; (02) 2351-6320

發　　行／英屬蓋曼群島商家庭傳媒股份有限公司
城邦分公司
115台北市南港區昆陽街16號8樓
讀者服務專線：(02) 2500-7718; 2500-7719
24小時傳真服務：(02) 2500-1990; 2500-1991
服務時間：週一至週五上午09：30-12：00；下午13：30-17：00
讀者服務信箱E-mail：service@readingclub.com.tw

劃撥帳號／19863813
戶　　名／書虫股份有限公司

香港發行所／城邦（香港）出版集團有限公司
香港九龍土瓜灣土瓜灣道86號順聯工業大廈6樓A室
電話：(852) 25086231　傳真：(852) 25789337
E-mail: hkcite@biznetvigator.com

馬新發行所／城邦（馬新）出版集團 Cite (M) Sdn Bhd.
41, Jalan Radin Anum, Bandar Baru Sri Petaling,57000 Kuala Lumpur,
Malaysia
電話：(603)90563833　傳真：(603)90576622
E-mail:services@cite.my

排　　版／游淑萍
書封設計／蕭旭芳
印　　刷／中原造像股份有限公司
□2012年9月初版
□2024年7月3日二版三刷
售價／360元

Printed in Taiwan

ISBN 9786267226810（平裝）

獨步文化
APEX PRESS

廣　告　回　函
北區郵政管理登記證
台北廣字第000791號
郵資已付，免貼郵票

115 台北市南港區昆陽街 16 號 8 樓

英屬蓋曼群島商家庭傳媒股份有限公司

城邦分公司

請沿虛線對摺，謝謝！

獨步文化
APEX PRESS

書號：1UE032X　**書名**：誰殺了她　**編碼**：

請於此處用膠水黏貼

獨步文化 APEX PRESS

讀者回函卡

謝謝您購買我們出版的書籍！

請費心填寫此回函卡，我們將不定期寄上城邦集團最新的出版訊息。

姓名：________________ 性別：□男 □女

生日：西元________年________月________日

地址：________________________________

聯絡電話：________________ 傳真：________________

E-mail：________________________________

學歷：□1.小學 □2.國中 □3.高中 □4.大專 □5.研究所以上

職業：□1.學生 □2.軍公教 □3.服務 □4.金融 □5.製造 □6.資訊

□7.傳播 □8.自由業 □9.農漁牧 □10.家管 □11.退休

□12.其他________________

您從何種方式得知本書消息？

□1.書店 □2.網路 □3.報紙 □4.雜誌 □5.廣播 □6.電視

□7.親友推薦 □8.其他________________

您通常以何種方式購書？

□1.書店 □2.網路 □3.傳真訂購 □4.郵局劃撥 □5.其他

您喜歡閱讀哪些類別的書籍？

□1.財經商業 □2.自然科學 □3.歷史 □4.法律 □5.文學

□6.休閒旅遊 □7.小說 □8.人物傳記 □9.生活、勵志 □10.其他

對我們的建議：________________________________

____

____

為提供訂購、行銷、客戶管理或其他合於營業登記項目或章程所定業務需要之目的，家庭傳媒集團（即英屬蓋曼群島商家庭傳媒股份有限公司城邦分公司、城邦文化事業股份有限公司、書虫股份有限公司、墨刻出版股份有限公司、城邦原創股份有限公司），於本集團之營運期間及地區內，將以mail、傳真、電話、簡訊、郵寄或其他公告方式利用您提供之資料（資料類別：C001、C002、C003、C011等）。利用對象除本集團外，亦可能包括相關服務的協力機構。如您有依個資法第三條或其他需服務之處，得洽詢本公司服務信箱cite_apexpress@cite.com.tw請求協助。相關資料不提供亦不影響您的權益。

□我已詳讀權利義務之相關條款，並同意遵守。

請於此處用膠水黏貼